Aux quatre coins du temps

ISBN 2-04-012182-X

George MacDonald

Le cœur du géant
Le vin magique

Traduits librement par Pierre Leyris

Illustrations de Claude Hermann

Bordas

Le cœur du géant

Il était une fois un géant qui vivait aux confins du Pays des Géants, là où celui-ci touchait au pays des gens comme vous et moi.

Tout était si grand au Pays des Géants que les hommes de taille ordinaire n'y distinguaient qu'une masse d'impressionnantes montagnes et de nuages ; et nul être vivant n'en était jamais revenu, d'aussi loin qu'on s'en souvînt, pour raconter ce qu'il y avait découvert.

Quelque part près de la frontière de ce pays, à la lisière d'une grande forêt, vivait un laboureur avec sa femme et un grand nombre d'enfants. Un jour la petite Finaude, comme on l'appelait, taquina son frère Buffletin tant et tant qu'il en eut assez et lui appliqua un soufflet sur l'oreille. Finaude se mit à pleurer. Sur quoi Buffletin fut tellement malheureux et tellement honteux qu'il se mit à pleurer lui aussi, et qu'il s'enfuit en courant dans le bois.

Il resta parti si longtemps que Finaude commença à prendre peur car elle aimait beaucoup son frère ; et elle était si pleine de remords de l'avoir taquiné, puis de s'être mise à pleurer comme une sotte, qu'elle finit par courir à son tour dans le bois pour l'y chercher, quoiqu'elle eût plus de chances de s'y perdre que de l'y trouver.

C'est en effet ce qui parut bientôt devoir arriver, car, à force de courir sans regarder où elle allait, elle se trouva finalement dans une vallée qu'elle ne connaissait en aucune manière. Et ce n'était pas étonnant, car ce qu'elle prenait pour une vallée aux versants rocheux et arrondis n'était autre que l'espace qui s'étendait entre deux racines d'un grand arbre qui poussait en bordure du Pays des Géants.

Finaude grimpa sur l'une d'elles et s'avança vers ce qu'elle prenait pour une montagne lointaine à la cime noire et ronde, mais qui s'avéra bientôt tout proche et creux et si grand que l'enfant ne pouvait dire dans quoi cela avait été creusé. À force de l'examiner, elle reconnut toutefois que c'était l'encadrement d'une porte ; et en s'avançant, puis en regardant mieux encore, elle vit très loin derrière la porte elle-même, avec un heurtoir perché à plusieurs coudées au-dessus de sa tête et aussi volumineux que l'ancre d'un grand vaisseau.

Personne n'avait jamais été méchant envers elle et, en conséquence, elle n'avait peur de personne. Quant au soufflet de Buffletin, elle n'en faisait aucun cas. Aussi, apercevant au bas de la porte un petit trou dû à la dent de quelque souris géante, elle s'y faufila et se trouva du même coup dans une immense salle. Elle

n'en aurait pas même entrevu l'autre extrémité sans le grand feu qui brûlait tout là-bas, réduit aux proportions d'une étincelle.

Finaude se mit à courir vers ce feu aussi vite qu'elle put et elle n'en était pas loin lorsque quelque chose tomba devant elle avec un grand fracas. Elle culbuta par-dessus et s'en alla rouler sur le plancher. Elle ne s'était guère fait mal, cependant, et elle fut debout en un instant. Elle vit alors que ce qui était tombé ressemblait assez à un grand seau en fer. Quand elle l'examina de plus près, elle constata que c'était un dé à coudre ; et, levant les yeux pour voir qui l'avait laissé choir, elle se trouva en présence d'un énorme visage pourvu de lunettes aussi grandes que les rosaces d'une église, qui se penchait vers elle et cherchait partout son dé.

Finaude le prit immédiatement dans ses deux bras et l'éleva d'environ un pouce vers le nez de la géante. Le mouvement fit voir à la vieille dame où il était. Son doigt s'y fourra, et le dé échappa dès lors au regard de Finaude, enfoui qu'il était dans les plis d'un immense bas blanc que Madame la Géante était en train de repriser. Car c'était samedi soir et son mari ne portait le dimanche que des bas blancs. Assurément, il mangeait les petits enfants, mais seulement les tout petits ; et si jamais l'idée lui traversait l'esprit que c'était mal d'agir de la sorte, il se disait toujours pour se rassurer qu'il portait le dimanche des bas plus blancs que n'importe quel autre géant de tout le Pays des Géants.

Au même instant, Finaude entendit un bruit pareil à celui que fait le vent dans un arbre plein de feuillage, et elle se demanda ce que ce pouvait bien être ; jusqu'au moment où, levant les yeux, elle découvrit que c'était la géante qui lui chuchotait quelque chose. En se donnant beaucoup de mal, elle parvint finalement à entendre assez bien ce que la géante lui disait.

— Sauve-toi, ma chère petite, sauve-toi aussi vite que tu pourras, disait-elle, car mon mari sera à la maison dans quelques minutes.

— Mais je n'ai jamais été méchante avec votre mari, dit Finaude en levant les yeux vers le visage de la géante.

— Ça ne fait rien. Mieux vaut te sauver. Il aime beaucoup les petits enfants, particulièrement les petites filles.

— Oh ! alors il ne me fera pas de mal.

— Je n'en suis pas du tout sûre. Il les aime tant qu'il les avale ; et il ne pourrait pas s'empêcher, je le crains, de te faire en même temps un peu mal. Pourtant c'est un très brave homme.

— Oh ! si c'est comme ça… dit Finaude, qui sentait la peur l'envahir.

Mais avant d'avoir terminé sa phrase, elle entendit

résonner des pas très espacés et très lourds. L'instant d'après, qui vit-elle accourir vers elle à toute allure et pâle comme la mort, sinon Buffletin ? Elle lui tendit les bras et il s'y jeta. Mais quand elle voulut lui donner un baiser, elle ne baisa que sa nuque, car son visage blême et ses yeux arrondis étaient tournés vers la porte.

— Sauvez-vous, enfants, courez vous cacher ! dit la géante.

— Viens, Buffletin, dit Finaude. Il y a là-bas un grand fourré : nous nous y cacherons.

Le fourré était un énorme balai. Ils venaient juste de se glisser parmi ses brins de paille lorsqu'ils entendirent la porte s'ouvrir avec un bruit de tonnerre et le géant entra. Vous auriez cru découvrir toute la terre quand il ouvrit la porte, tant elle était large ; et quand il la referma, ce fut comme la tombée de la nuit.

— Où est ce petit garçon ? s'écria-t-il d'une voix tonnante. Il avait l'air d'un amour de petit garçon. Je suis presque sûr que je l'ai vu se glisser par le trou de souris du bas de la porte. Où est-il, ma chère femme ?

— Je ne sais pas, répondit la géante.

— Tu sais pourtant que c'est très mal de dire des mensonges, n'est-il pas vrai, ma douce amie ? répliqua le géant.

— Ridicule vieux Tonnerre-fait-homme ! lui dit sa

femme avec un sourire aussi large que la mer, comment pourrais-je repriser tes bas blancs si mes yeux doivent courir en même temps après les petits garçons ? Il t'en reste bien assez pour toute la journée de dimanche. Regarde quels tendres petits mioches tu as là !

Finaude et Buffletin jetèrent un coup d'œil à travers les brins de paille et découvrirent une rangée de petits garçons, environ une douzaine, avec des visages gras et des yeux tout ronds, assis devant le feu qu'ils contemplaient stupidement. Tonnerre-fait-homme se proposait d'en conserver la plupart au vinaigre, et les nourrissait bien avant de les saler. De temps à autre, malgré tout, il ne pouvait pas s'empêcher de donner un coup de dent de leur côté et d'en croquer un sans sel, à l'improviste.

Il s'avança vers les malheureux enfants. Malheureux, ils l'étaient d'autant plus que, si seulement ils avaient pu s'abstenir de manger afin de maigrir, le géant les aurait pris en dégoût et les aurait mis à la porte en les laissant trouver le chemin de leurs chez-eux. Ils le savaient, mais, malgré cela, ils étaient si gourmands qu'ils engloutissaient autant de nourriture que leurs petits corps en pouvaient contenir. La géante, qui les nourrissait, se consolait en se disant que ce n'étaient pas de véritables petits garçons ni de véritables petites filles, mais seulement des petits cochons qui faisaient semblant d'être de petits humains.

— Allons, dites-moi la vérité, cria le géant en penchant vers eux son visage. (Ils tremblèrent de terreur et chacun espéra qu'il ne serait pas le préféré du géant.) Où est le petit garçon qui vient d'entrer ici en courant ? Quiconque me dit un mensonge ira instantanément à la marmite.

— Il est dans le balai, s'écria un petit garçon au visage blanc comme de la pâte à pain. Il est dans le balai avec une petite fille.

— Les vilains enfants ! s'écria le géant. Se cacher ainsi de moi !

Et il fit un pas dans la direction du balai.

— Attrape les brins, Buffletin ! Enfonce-toi dans une touffe et accroche-toi bien ! cria juste à temps Finaude.

Le géant s'empara du balai et, ne voyant rien au-dessous, le replaça contre le mur avec une violence qui envoya les deux enfants rouler à terre. Il fit alors deux pas vers la rangée de petits garçons, saisit par le cou celui qui avait un visage couleur de pâte à pain, souleva le couvercle d'une grande marmite qui bouillait sur le feu, le jeta dedans comme un poulet tout troussé et remit le couvercle en disant :

— Voilà ! Vous voyez ce qui arrive quand on ment !

Après quoi il ne posa plus de questions, car, étant donné qu'il tenait toujours parole, il craignait de devoir leur faire subir à tous le même sort, et il n'aimait pas tant que ça les petits garçons bouillis. Il les aimait à la croque-au-sel, par exemple, comme les radis.

Là-dessus il s'assit et il demanda à sa femme si son souper était prêt. Elle regarda dans la marmite et, après en avoir retiré le petit garçon à l'aide de la louche, tout comme s'il eût été un cafard tombé là par mégarde, elle répondit que oui. Son mari se leva alors pour l'aider et, enlevant la marmite du feu, il en déversa le contenu tout bouillonnant dans un plat creux qui avait les dimensions d'une cuve. Puis ils s'assirent pour souper.

Les enfants, du balai, ne pouvaient pas voir ce que les deux époux avaient à manger ; mais la nourriture semblait leur plaire, car le géant parlait comme un tonnerre, et la géante répondait comme la mer, et ils devenaient de plus en plus bavards. À la fin le géant dit :

— Je ne suis pas très rassuré sur le compte de mon cœur.

Tout en disant ces mots, au lieu de porter la main à sa poitrine, il l'agita dans la direction du recoin d'où les enfants l'épiaient entre les brins de paille du balai comme de petites souris craintives.

— Eh bien, vois-tu, mon Tonnerre-fait-homme aimé, répondit sa femme, j'ai toujours pensé qu'il devrait être plus près de chez nous. Mais tu es meilleur juge que moi, naturellement.

— Ah ! Ah ! Tu ne sais pas où il est, femme. Je l'ai déménagé il y a un mois.

— Quel homme tu es, Tonnerre-fait-homme ! Tu fais confiance à n'importe quelle créature en vie plutôt qu'à ta femme !

La géante eut un sanglot, et cela résonna exactement comme une vague qui fait floc en s'enfournant dans une grotte qu'elle remplit jusqu'en haut.

— Où l'as-tu caché maintenant ? reprit-elle en refoulant son émoi.

— Allons, Babioline, je veux bien te le dire à toi, répondit le géant d'un ton apaisant. La grande aigle l'a pour nichet.

Un nichet, peut-être ne le savez-vous pas aussi bien que Finaude et Buffletin, c'est un œuf en plâtre ou en marbre qu'on met dans un coin du poulailler pour donner aux poules l'envie de pondre.

— La grande aigle ! s'écria Babioline.

— Elle le couve jour et nuit, reprit Tonnerre-fait-homme, et elle compte en tirer le plus grand aigle qui ait jamais aiguisé son bec sur les rochers du Mont Craqueciel. Je peux te garantir que, tant qu'elle sera installée dessus, personne d'autre n'y touchera. Seulement, elle est assez capricieuse et je ne suis pas très rassuré quand j'y pense. Car si l'une de ses serres griffues infligeait à mon cœur la moindre égratignure, c'en serait fait de moi. Et des serres, fichtre, elle en a !

Je renvoie tous ceux qui seraient tentés de mettre en doute cette portion de mon histoire à certaines chroniques du Pays des Géants que les peuples celtiques de l'ouest de l'Europe ont conservées. C'était une chose tout à fait courante pour un géant que de mettre son cœur en nourrice afin de n'en plus avoir la responsabilité ni l'embarras. Mesure bien risquée, nous semble-t-il à présent, pour un viscère aussi important et aussi délicat que le cœur.

Finaude et Buffletin cependant, étaient tout oreilles et ne perdaient pas une syllabe de cet entretien.

— Oh ! se disait Buffletin, si seulement je pouvais dénicher ce cruel cœur de géant, de quelle façon je le serrerais dans ma main !

Le géant et la géante continuèrent longtemps à parler. La géante ne cessait de conseiller au géant de cacher son cœur quelque part dans la maison. Mais il semblait craindre que cela ne le mît sous l'empire de sa femme.

— Tu pourrais le cacher au fond du coffre à farine, dit-elle.

— Ça me donnerait des étouffements, répondit-il.

— Dans la cave à charbon alors. Ou bien dans le

trou aux ordures. Voilà l'endroit rêvé ! Personne n'aurait l'idée d'aller chercher ton cœur dans le trou aux ordures.

— De pire en pire ! s'écria le géant.

— Et dans le tonneau où nous recueillons l'eau de pluie ? suggéra-t-elle.

— Non, non, cela le rendrait tout spongieux, dit-il.

— Que diable vas-tu en faire, en ce cas ?

— Je le laisserai où il est un mois de plus, après quoi je le donnerai à la Reine des Kangourous, et elle le portera pour moi dans la poche de son ventre. Mieux vaut le changer de place de temps en temps, tu sais, de crainte que mes ennemis ne flairent sa piste. Mais, ma chère Babioline, quel souci, quel tourment que d'avoir à veiller sur son cœur ! C'est un trop grand fardeau pour moi. Jamais je ne le supporterais si je n'avais pas à me mettre sous la dent, à l'occasion, un de ces radis...

Ce disant, le géant jeta un regard attendri vers les petits garçons alignés devant le feu et qui, dodelinaient de la tête ou dormaient sur le plancher.

— Pourquoi ne me le confies-tu pas, mon cher Tonnerre-fait-homme ? dit sa femme. J'en prendrais le plus grand soin possible.

— Je n'en doute pas, mon amour, mais ce serait trop de tracas pour toi. Tu ne serais plus mon aérienne, ma rieuse Babioline au cœur léger. Je ferais de toi une femme soucieuse accablée... comme je le suis moi-même.

Le géant ferma les yeux et fit mine de dormir. Sa femme revint à ses bas blancs et à ses reprises. Bientôt le sommeil que le géant simulait devint réel, et la géante, elle aussi, commença à dormailler sur son ouvrage.

— C'est le moment, Buffletin, c'est le moment, chuchota Finaude. Je crois que la lune brille et nous ferions bien de filer. Juste derrière nous, il y a une porte avec une chatière.

— Très bien, dit Buffletin, je suis prêt.

Ils sortirent de l'épais taillis du balai et se glissèrent vers la porte. À leur grand désappointement, quand ils l'eurent franchie, ils ne se trouvèrent pas à l'air libre, mais dans une sorte de hangar plein de cuves et d'ustensiles et, bien qu'il fût construit entièrement en bois, sans une fissure qu'on pût voir.

— Essayons de ce trou, dit Finaude.

En effet, le géant et la géante dormaient là derrière eux, et ils n'osaient pas retourner dans la salle.

— Très bien, dit Buffletin.

Il disait rarement autre chose que « très bien » quand sa sœur venait de parler.

Le trou en question était pratiqué dans un monticule naturel, venu du dehors, qui traversait la paroi du hangar et courait le long du sol sur une certaine distance. Ils rampèrent dedans et le trouvèrent très sombre. Mais à force de s'avancer à tâtons, ils arrivèrent bientôt devant une mince fissure à travers laquelle ils entrevirent de l'herbe, toute pâle au clair de lune. En continuant, ils constatèrent que le trou commençait à s'élargir et à mener vers le haut.

— Quel est ce bruit de torrent ? demanda Buffletin.

— Je me le demande, répondit Finaude. À vrai dire, je ne sais même pas dans quoi nous sommes.

Le fait est qu'ils étaient en train de ramper dans un canal au cœur d'un arbre géant, et le bruit qu'ils entendaient était celui de la sève qui coulait impétueusement dans ses tuyaux de bois. Quand ils appliquèrent leur oreille à la paroi, ils l'entendirent qui poursuivait sa course avec un agréable glou-glou.

— C'est le gentil bruit amical de l'eau qui court, dit Finaude. Elle va sûrement de quelque part à quelque part. Je crois donc que nous ferions bien de continuer pour arriver, nous aussi, quelque part.

Il devenait assez difficile de poursuivre, car il leur fallait gravir une pente abrupte. Le canal, cependant, s'élargissait beaucoup. Les enfants étaient presque à bout de force quand ils virent enfin de la lumière au-dessus de leur tête. Ils se glissèrent au-dehors par une fente et se trouvèrent sur la fourche d'un immense arbre. Autour d'eux s'étendait un vaste espace accidenté, d'où fusaient dans toutes les directions des rameaux, dont le plus petit était aussi gros que le plus gros arbre au pays des gens ordinaires. Au-dessus de leur tête foisonnaient assez de feuilles pour fournir tous les arbres qu'ils avaient jamais vus. Le clair de lune ne perçait guère au travers, mais les feuilles brillaient parfois d'un éclat blanc dans la brise. L'arbre géant était plein d'oiseaux géants. De temps en temps l'un d'eux s'engouffrait à grand bruit dans la ramure. Mais à part un pépiement de loin en loin, qui résonnait comme un tuyau aigu dans un grand orgue, ils ne faisaient pas de bruit.

Tout d'un coup, un hibou se mit à hululer. Il croyait chanter. Dès qu'il eut commencé, les autres oiseaux lui répondirent en se moquant de lui à qui mieux mieux. À leur étonnement, les enfants se rendirent compte qu'ils comprenaient chaque mot que les oiseaux chantaient. Et ce qu'ils chantaient, c'était quelque chose comme :

— Je chanterai ma chanson, hou !
Moi le Hibou.
— File-nous la, ta cantilène,
Face vilaine !

— Tou-hou-hou-hou ! Tou-hou-hou-hou !
Telle est la chanson du Hibou.
J'aime à sentir l'ombre partout,

La nuit humide.
— Oui ! Tu n'y vois goutte à midi,
Oiseau stupide !

— Tou-hou-hou-hou ! Tou-hou-hou-hou !
Telle est la chanson du Hibou.

Le hibou déploya en silence ses molles ailes furtives et se posa entre Finaude et Buffletin, qu'il étouffa presque en les enveloppant chacun sous une aile. Ils avaient l'impression d'être enfouis dans un nid de duvet. Mais le hibou n'aimait pas sentir quoi que ce fût entre ses flancs et ses ailes, de sorte qu'il rouvrit celles-ci, et les enfants en profitèrent pour se dégager aussitôt. Finaude alla immédiatement se poster devant l'oiseau et, levant la tête vers son énorme visage, qui était aussi rond que les yeux de la géante derrière ses lunettes et beaucoup plus gros, elle lui fit une petite révérence en disant :

— S'il vous plaît, Monsieur le Hibou, je voudrais vous chuchoter quelque chose.

— Très bien, ma petite enfant, répondit le hibou en prenant un air important et en inclinant son oreille vers elle. De quoi s'agit-il ?

— S'il vous plaît, dites-moi où habite l'aigle qui couve le cœur du géant.

— Oh, méchante enfant ! C'est un secret. N'as-tu pas honte ?

Et, avec un grand sifflement qui les terrifia, le hibou s'envola dans l'arbre. Tous les oiseaux aiment les secrets, mais peu d'entre eux les gardent aussi bien que le hibou.

Les enfants continuèrent à avancer pour la bonne raison qu'ils n'avaient rien d'autre à faire. Ils trouvèrent le trajet très raboteux et très difficile, l'arbre étant plein de bosses et de creux. De temps en temps, ils pataugeaient dans une flaque de pluie, ou bien ils se heurtaient à des rameaux qui jaillissaient du tronc n'importe où, au petit bonheur, et qui étaient aussi grands que des peupliers adultes. Parfois ils rencontraient de grands coussins de mousse moelleuse et ils s'étendirent même sur l'un d'eux pour se reposer. Mais ils ne tardèrent pas à apercevoir un grand rossignol perché sur une branche, qui regardait la lune de ses yeux brillants. L'instant après il se mit à chanter, et les oiseaux du voisinage lui répondirent d'un ton tout différent de celui dont ils avaient répondu au hibou. Oh ! quels jolis noms ils donnèrent au rossignol !

Le rossignol, donc, chanta, et les oiseaux lui répondirent de la sorte :

— Voulez-vous entendre mon chant ?
C'est le rossignol qu'on m'appelle.

— Chante longtemps, longtemps, longtemps,
Toi qui sais chanter à merveille !
Mais chanteras-tu la lumière
Captive ou triomphante au ciel ?

— Je chanterai la disparue,
La défunte, l'évanouie,
Celle en qui l'on n'espère plus
Quand règne la jalouse nuit.
Je chanterai la tragédie
De sa mort et du jour perdu.

Le rossignol chanta si exquisement que les enfants résistèrent au sommeil qui commençait à s'emparer d'eux, de crainte de perdre la moindre bribe de son chant.

Quand l'oiseau s'arrêta, ils se levèrent et se remirent à errer. Ils ne savaient où ils allaient, mais ils pensaient qu'il valait mieux poursuivre, pour avoir la chance de tomber sur quelqu'un ou sur quelque chose qui les aiderait. Ils regrettaient de ne pas s'être enquis du nid de l'aigle auprès du rossignol, mais sa musique avait chassé tout souci de leur tête. Ils résolurent de poser la question sans faute la prochaine fois qu'ils en auraient l'occasion.

Ils poursuivirent donc leur marche d'exploration dans l'arbre jusqu'à ce qu'ils fussent aussi fatigués l'un que l'autre ; et Finaude dit enfin en essayant de rire :

— Je me sens des jambes de bois comme une poupée hollandaise.

— Eh bien alors, voici un endroit où coucher, dit Buffletin.

Ils se tenaient au bord d'un nid de l'année précédente, et leurs regards plongeaient avec délice dans cette caverne ronde et moussue. Ils s'y glissèrent doucement et, couchés dans les bras l'un de l'autre, ils la trouvèrent si moelleuse, si chaude et si douillette qu'ils furent bientôt profondément endormis.

Or, tout près d'eux, dans un creux de l'arbre, se trouvait un autre nid, dans lequel reposaient Monsieur l'Alouette et sa femme. Dès le petit matin, Finaude et Buffletin furent réveillés par une dispute entre Monsieur et Madame l'Alouette.

— Laisse-moi me lever, dit Monsieur l'Alouette.

— Il n'est pas encore temps, dit sa femme.

— Si ! répliqua-t-il d'un ton assez rude. L'obscurité est toute mince : je peux presque voir mon bec.

— Sottise ! répondit sa femme. Tu sais que tu es rentré épuisé hier matin parce que tu avais dû voler follement haut avant de le voir. Je suis sûr qu'il trouverait tout naturel que tu ne te donnes pas tant de peine. Reste tranquille et rendors-toi.

— Tu n'y es pas du tout, dit Monsieur l'Alouette.

Ce n'est pas lui qui me veut, c'est moi qui le désire. Laisse-moi me lever, te dis-je.

Il se mit à chanter ; et Finaude et Buffletin, ayant appris la manière, lui donnèrent la réplique :

— Je veux chanter, chanter
Le chant de l'Alouette !

— Petit tueur de noir,
Que vas-tu nous chanter ?
Le jour et sa victoire ?

— Je ne puis pas penser
Je ne puis que chanter.
Laissez-moi m'élever
Là-haut ! Laissez-moi boire
La lumière ! L'espoir !

Monsieur l'Alouette se tenait maintenant au bord du nid et considérait les enfants.

— Pauvres petits, vous ne pouvez pas voler ! leur dit-il.

— Non, mais nous pouvons regarder le ciel, dit Finaude.

— Ah ! vous ne savez pas ce que c'est que d'être le tout premier à voir le soleil.

— Mais nous savons ce que c'est que d'attendre

qu'il vienne. Il ne sera pas moins brillant parce que vous l'aurez vu le premier, que je sache ?

— Oh ! non, certainement pas, répondit Monsieur l'Alouette avec condescendance.

Et, reprenant avec éclat son chant de louange, il bondit dans les hauteurs en battant vivement des ailes.

— Dites-nous où... commença Buffletin.

Mais Monsieur l'Alouette était hors de vue. Il ne restait de lui que son chant, qu'on entendait partout, alors que lui-même, on ne le voyait nulle part.

— Quel égoïste ! dit Buffletin. C'est très joli pour les alouettes d'aller à la chasse au soleil, mais est-ce là une raison de mépriser leur prochain ?

— Puis-je vous aider à quelque chose ? dit une douce voix d'oiseau qui venait du nid. C'était la femme de Monsieur l'Alouette. Elle restait à la maison avec les petits tandis que son mari allait à la rencontre du Seigneur.

— Oh ! merci. S'il vous plaît, répondit Finaude.

Parut alors une jolie tête brune ; puis un corps brun emplumé ; et en dernier les minces pattes de l'oiseau juchées au bord du nid. Une fois là, Madame l'Alouette se retourna et, regardant dans le nid d'où montaient sans cesse des pépiements qui réclamaient à déjeuner, elle dit :

— Restez tranquilles, petits !

Puis elle se retourna à nouveau vers Finaude et Buffletin.

— Mon mari est Roi des Alouettes, dit-elle avec simplicité.

Buffletin enleva sa casquette et Finaude fit une profonde révérence.

— Oh ! ce n'est pas moi, dit l'oiseau d'un air timide : je ne suis que sa femme. C'est seulement mon mari qui est roi.

Et elle le chercha du regard dans le ciel, d'où son chant tombait toujours comme une grêle musicale. Peut-être parvenait-elle à le voir, elle.

— C'est un splendide oiseau, dit Buffletin. Seulement, vous savez, il persiste à se lever un peu trop tôt.

— Je sais : il ne peut pas s'en empêcher, répondit Madame l'Alouette. C'est sa façon d'être. Mais expliquez-moi ce que je puis faire pour vous.

— Dites-nous, s'il vous plaît, où habite l'aigle qui couve le cœur du géant Tonnerre-fait-homme.

— Oh ! c'est un secret.

— Vous avez promis de ne pas le trahir ?

— Non, mais les alouettes se doivent d'être discrètes. Elles en voient plus que les autres oiseaux.

— Vous ne volez pas, tout de même, aussi haut que votre mari ?

— Pas souvent. Mais ça ne fait rien. J'arrive à savoir les choses malgré tout.

— Dites-le moi et je vous chanterai une chanson, dit Finaude.

— Vous pouvez chanter vous aussi ? Vous n'avez pas d'ailes pourtant.

— Je le puis. Et je vous chanterai une chanson que j'ai apprise l'autre jour sur un certain Monsieur l'Alouette et sa femme.

— Je vous en prie, dit Madame l'Alouette. Restez tranquilles, les enfants, et écoutez.

Finaude était bien aise de connaître par hasard une chanson qui plairait sûrement à Madame l'Alouette, bien que sa morale fût peut-être moins faite pour être du goût de son royal époux. Elle se mit donc à chanter :

Monsieur l'Alouette est seul dans le ciel
Quand monte sur son trône le Soleil.
— Ah Sire ! Sire ! Daigne votre splendeur
Briller sur son très humble serviteur,
Venu qu'il est, au prix de longs efforts,
Acclamer le premier vos cheveux d'or !

— Vous vous êtes certes bien dépensé,
Monsieur l'Alouette et nous surprenez.
Mais n'est-ce pas le soin de votre gloire
Qui vous poussa, plutôt que le devoir ?

Qu'à mon exactitude l'on se fie,
Monsieur, et qu'un oiseau m'attende au nid !

Il cesse et s'enveloppe de nuées.
Lors Monsieur l'Alouette de monter
Plus haut, plus haut encore, dans l'espoir
De défâcher le monarque et de voir
À sa chaleur ses plumes se dorer.
Hélas, il sent ses forces lui manquer

Et, sans revoir l'auguste luminaire,
Voici qu'il retombe comme une pierre
De nuage en nuage, dans son nid...
Où l'attendaient sa femme et ses petits
Tout baignés de Soleil ! Car le bon sire
Sur eux n'avait jamais cessé de luire.

Dès que Finaude eut terminé, la femme de Monsieur l'Alouette attaqua, sans élever la voix, une douce et modeste petite chanson de son crû. Et, quand elle eut chanté ainsi deux ou trois minutes, elle dit :

— Voyons, mes chers enfants, que puis-je faire pour vous ?

— Dites-nous, s'il vous plaît, où habite l'aigle, dit Finaude.

— Ma foi, je ne crois pas qu'il puisse y avoir grand

mal à vous confier cela, mes bons enfants. Je suis bien sûre que vous ne voudriez pas faire du grabuge.

— Oh ! non, c'est tout le contraire, dit Buffletin.

— Alors, je vais vous le dire. L'aigle habite tout en haut du pic le plus élevé du Mont Craqueciel, et la seule façon d'y parvenir est de grimper sur les toiles d'araignée qui le tapissent du haut en bas.

— Ça n'est pas une petite affaire ! s'écria Finaude.

— Mais vous n'avez aucun besoin d'aller là-haut, tête de linotte ! Pour commencer, vous ne pourriez pas y aller. Et ensuite, qu'iriez-vous y faire ?

— Ça, c'est un secret, dit Finaude.

— Allons, ça ne me regarde pas, répondit Madame l'Alouette, un peu vexée et fort contrariée de ne pas avoir tenu sa langue.

Là-dessus, elle s'envola pour aller chercher de quoi donner à déjeuner à ses enfants, qui s'étaient mis à gazouiller impatiemment. Finaude et Buffletin se regardèrent et s'éloignèrent en se tenant par la main.

Une minute plus tard, il faisait grand jour et ils atteignirent bientôt le tronc même de l'arbre. L'écorce était si noueuse, si rugueuse et tellement hérissée de rameaux qu'ils ne manquèrent pas de prises pour descendre peu à peu jusqu'au sol, quoique au prix de grandes difficultés.

Arrivés là, ils découvrirent, loin au nord, un immense pic qui montait droit au ciel comme un

clocher. Ils se dirent que ce devait être le Mont Craqueciel et ils mirent le cap sur lui. En chemin, ils entrevirent bien, de temps à autre, un géant ou deux, marchant à grandes enjambées par les champs ou par les bois, mais ils eurent soin de ne pas se mettre sur leur passage. D'ailleurs, ils ne couraient pas grand danger, car la plupart des géants de la frontière n'étaient pas amateurs de petits enfants.

Finaude et Buffletin arrivèrent enfin au pied du Mont Craqueciel. Il se dressait seul sur la plaine et il montait tout droit dans les airs de je ne sais combien de milliers de pieds, étroit et effilé comme un javelot. Toute sa face, du haut en bas, était couverte d'un réseau de toiles d'araignée dont les fils variaient en grosseur, allant si vous voulez du fil de soie à la mèche de fouet. Les toiles ondulaient, oscillaient et frémissaient au soleil, étincelantes comme de l'argent. De toutes parts couraient des araignées géantes, qui attrapaient d'énormes mouches sans cervelle et les dévoraient.

Les enfants s'assirent pour tenir conseil. Les araignées ne faisaient pas attention à eux et continuaient leur repas de mouches. Cependant, il y avait au pied de la montagne, et tout autour, un anneau d'eau pas très large, mais très profond. L'une des araignées, dont la toile enjambait l'eau, perdit pied pour une raison ou pour une autre et tomba dedans, sur le dos.

Finaude et Buffletin coururent à son secours et, s'emparant chacun de l'une de ses pattes, réussirent — avec le concours des autres pattes qui faisaient des prodiges d'agilité arachnéenne — à l'attirer sur la berge. Dès qu'elle se fut secouée et plus ou moins séchée, l'araignée se tourna vers les enfants en disant :

— Et maintenant, que puis-je faire pour vous ?

— Apprenez-nous, s'il vous plaît, répondirent-ils, comment nous pouvons escalader la montagne jusqu'au nid de l'aigle.

— Rien de plus facile, dit l'araignée. Courez seulement là-haut, dites à tout le monde que c'est moi qui vous envoie et personne ne vous ennuiera.

— Mais, nous n'avons pas de griffes comme vous, Monsieur l'Araignée, dit Finaude.

— C'est ma foi vrai, pauvres créatures mal équipées que vous êtes ! Je crois pourtant que nous nous en tirerons. Venez avec moi.

— Vous n'allez pas nous manger, n'est-ce pas ? dit Buffletin.

— Mon cher enfant, répondit Monsieur l'Araignée d'un air de dignité offensée, je ne mange que ce qui est malfaisant ou inutile. Vous n'êtes ni l'un ni l'autre puisque vous m'avez aidé. Maintenant, c'est à moi de vous aider à mon tour.

Les enfants se levèrent aussitôt et, grimpant de leur mieux, atteignirent le nid de l'araignée au centre de la toile. Et ils ne trouvèrent pas l'ascension très difficile. Chaque fois qu'un intervalle trop grand s'ouvrait au-dessus d'eux, Monsieur l'Araignée tissait à l'instant une forte corde et la tendait à l'endroit même où leur pied avait besoin de prendre appui.

Il les laissa dans son nid après leur avoir apporté deux gros sacs de miel soustraits à des abeilles qu'ils avaient attrapées ; mais il ne tarda pas à revenir en compagnie d'une demi-douzaine des plus sages d'entre les araignées. Ce fut assez horrible pour les enfants, lorsqu'ils levèrent les yeux, de les voir rangées toutes autour de l'orifice du nid, en train de les contempler d'en-haut et, peut-être, de se demander s'ils seraient agréables à manger. Heureusement, l'une d'elles dit bientôt :

— Expliquez-nous au juste ce que vous voulez par rapport à cette aigle couveuse, et nous tâcherons de vous aider.

Finaude leur déclara alors qu'il y avait dans la région frontalière un géant qui traitait les petits enfants comme des radis, et qu'ils avaient bien failli, quant à eux, être mangés par lui. Qu'ils avaient découvert que la grande aigle du Mont Craqueciel était en train de couver le cœur du cruel géant en question. Et que, s'ils pouvaient seulement s'emparer de ce cœur, ils auraient vite fait d'apprendre à son propriétaire naturel à se mieux conduire.

— Seulement, dit leur hôte, si vous parvenez à atteindre le cœur du géant, vous le trouverez aussi grand que l'un de vos éléphants. Qu'en ferez-vous ?

— La moindre égratignure le tuera, répondit Buffletin.

— Ah ! mais vous pouvez mieux faire, dit l'Araignée. Écoutez-moi. Nous avons décidé de vous aider. Voici un petit sac de jus d'araignée. Les géants ne peuvent pas souffrir les araignées et ce jus est pour eux un terrible poison. Nous sommes tous prêts, mâles et femelles à monter là-haut avec vous et à chasser l'aigle. Ensuite, vous mettrez le cœur dans cet autre sac et vous le descendrez avec vous : comme cela, le géant sera en votre pouvoir.

— Mais comment ferons-nous ? demanda Buffletin. Le sac n'est pas plus grand qu'une musette.

— Ça n'empêche que vous y mettrez le cœur, mais seulement après avoir versé dessus une goutte de jus de l'autre sac. Vous verrez alors ce qui arrivera.

— Très bien, nous ferons ce que vous nous dites, dit Finaude. Et maintenant, s'il vous plaît, comment parviendrons-nous là-haut ?

— Oh ! ça, c'est notre affaire, dit Monsieur l'Araignée. Vous viendrez avec moi. Quant à votre frère, mon grand-père s'en chargera. Montez.

Finaude grimpa sur la partie la plus étroite du dos de l'araignée et se cramponna ferme. De son côté, Buffletin monta sur le dos du grand-père. Et ils se mirent à escalader toile après toile, de plus en plus haut, à toute vitesse. Les araignées qu'ils rencontraient se joignaient à eux ; de sorte que, quand Finaude regarda derrière elle, elle vit une véritable armée d'araignées qui grimpaient à leur suite.

— Qu'avons-nous besoin de tant d'araignées ? pensa-t-elle, mais sans mot dire.

La lune s'était levée, éclairant un splendide spectacle au-dessous d'eux et autour d'eux. Tout le pays des Géants s'étendait à leurs pieds avec ses montagnes, ses lacs, ses arbres et ses animaux. Au-dessus d'eux se déployait le firmament limpide, où le Mont Craqueciel venait s'inscrire avec ses innombrables échelles de toiles d'araignée qui étincelaient comme des cordages tressés de rayons de lune. Et à l'assaut des rayons de lune montait grand train, rivalisant d'agilité, une immense armée d'immenses araignées.

Ils parvinrent enfin à deux doigts du sommet, et là ils s'arrêtèrent. Finaude et Buffletin aperçurent au-dessus d'eux un grand globe de plumes qui coiffait la montagne.

— Comment la chasserons-nous ? demanda Buffletin.

— Nous aurons vite réglé cela, dit le grand-père araignée. Vous autres d'en-dessous, approchez !

Toute l'armée se précipita, dépassa les enfants, franchit le rebord du nid, grimpa sur l'aigle et s'enfouit sous ses plumes. Au bout d'un petit moment, elle devint très agitée et se mit à picorer fébrilement ses plumes. Puis tout à coup elle déploya ses ailes avec un bruit d'ouragan et s'envola pour aller se plonger dans la mer ; sur quoi toutes les araignées qu'elle avait sur elle commencèrent à se laisser tomber dans toutes les directions sur leurs ailes en fils de la vierge.

Les enfants durent se cramponner de toutes leurs forces pour éviter d'être emportés par la bourrasque qu'avait produite l'envol de l'aigle. Dès qu'elle se fut apaisée, ils regardèrent dans le nid et ils découvrirent le cœur du géant — une effrayante et bien vilaine chose.

— Fais vite, enfant ! dit l'araignée de Finaude.

Finaude prit son sac et versa une goutte de son contenu sur le monstrueux cœur. Elle crut entendre le géant pousser au loin un rugissement de douleur et elle faillit tomber d'effroi de sa monture. Le cœur commença instantanément à se contracter. Il rétrécit, rétrécit et se recroquevilla de telle sorte qu'il disparut presque ; sur quoi Buffletin le prit et le mit dans son sac.

Alors les deux araignées qui les portaient se

retournèrent et redescendirent aussi vite qu'elles pouvaient. Avant d'être parvenus tout à fait en bas, les enfants entendirent les cris que poussait l'aigle en constatant la disparition de son œuf ; mais les araignées leur dirent de ne pas s'alarmer, car elle avait les yeux trop gros pour les voir. Lorsqu'ils atteignirent le pied de la montagne, toutes les araignées avaient regagné leurs toiles et pourchassaient de nouveau les mouches comme s'il ne s'était rien passé.

Après avoir remercié chaudement leurs amis, les enfants se mirent en route avec le cœur du géant.

— S'il se montre turbulent, donnez-lui aussitôt un peu de jus d'araignée, leur avait dit le grand-père en les quittant.

Cependant, le géant avait poussé un terrible rugissement au moment où le jus avait humecté son cœur, puis il était tombé en pâmoison. Cet état comateux avait même duré si longtemps que tous les petits garçons qu'il gardait auraient pu s'échapper s'ils n'avaient pas été aussi gras et aussi empotés. Un seul y parvint et rentra chez lui sain et sauf.

Pendant des jours et des jours, le géant fut incapable de parler. Les premiers mots qu'il prononça furent :

— Oh ! mon cœur, mon cœur !

— Ton cœur est en lieu sûr, mon cher Tonnerre-fait-homme, lui dit sa femme. Vraiment un géant de ta taille ne devrait pas être aussi nerveux et aussi craintif. Je suis honteuse de toi.

— Tu n'as pas de cœur, Babioline, lui répondit son mari. Je t'assure qu'en ce moment même le mien court le plus grand danger. Il est tombé dans des mains ennemies, bien que je sois incapable de dire à quel scélérat elles appartiennent.

Ici, il se pâma de nouveau, car Finaude, trouvant que le cœur se remettait à enfler tant soi peu, avait versé dessus un rien de jus d'araignée.

Il reprit ses esprits et dit :

— Chère Babioline, mon cœur s'en revient à moi. Il se rapproche de plus en plus.

Après être resté silencieux pendant plusieurs heures, il s'écria soudain :

— Il est dans la maison, je le sais !

Il bondit sur ses pieds et s'en fut vivement de-ci de-là, en fouillant tous les coins.

A ce moment même, Finaude et Buffletin sortaient du trou de la racine de l'arbre, entraient par la chatière et s'avançaient hardiment vers le géant, sans le perdre de vue une seconde. Guidé par l'amour qu'il portait à son propre cœur, le géant les aperçut bientôt et s'élança vers eux avec fureur, quoique en titubant.

— Je vous dévorerai, vermine ! Leur cria-t-il. Rendez-moi mon cœur !

Finaude donna un bon pincement au cœur. Le géant

tomba aussitôt à genoux, pleurant, geignant et suppliant.

— Vous l'aurez, votre cœur, si vous vous conduisez convenablement, dit Finaude.

— Que faut-il faire pour ça ? demanda plaintivement le géant.

— Prenez tous ces enfants que ce soient des garçons ou des filles, et ramenez-les chez eux immédiatement.

— Je n'en suis pas capable. Je suis trop souffrant. Je tomberais en chemin.

— Ramenez-les à l'instant !

— Je ne peux pas, tant que vous ne m'aurez pas rendu mon cœur.

— Très bien, dit Finaude, en infligeant au cœur un autre pincement.

Le géant bondit sur ses pieds, et s'emparant de tous les petits enfants, les fourra soit dans les poches de son gilet, soit dans celles de sa veste, soit dans son chapeau, soit encore, en paquet de deux ou trois, sous chaque bras. Puis il se dirigea en chancelant vers la porte.

Pendant tout ce temps, la pauvre Babioline, assise dans son fauteuil, reprisait un bas blanc en pleurant.

Le géant prit la direction de la frontière. Si vite qu'il allât, Buffletin et Finaude, qui tenaient à le surveiller, parvinrent à le suivre de près. Quand ils atteignirent la

limite du pays, ils se dirent qu'il serait plus sûr de laisser les enfants trouver seuls le chemin de leur logis. Ils ordonnèrent donc au géant de les déposer à terre. Celui-ci obéit.

— Vous les avez bien tous déposés, Monsieur Tonnerre-fait-homme ? demanda Finaude.

— Oui, dit le géant.

— C'est un mensonge ! glapit alors une petite voix.

Et une menue tête blonde sortit de la poche du gilet.

Finaude pinça le cœur, et elle n'y alla pas, cette fois, de main morte. Le géant hurla de douleur.

— Vous n'êtes pas un homme d'honneur, dit-elle. Vous racontez des bobards.

— C'était le plus malingre, le plus maigrichon de tous, pleurnicha Tonnerre-fait-homme.

— Êtes-vous tous là, les enfants ? demanda Finaude.

— Oui, madame, répondirent-ils après s'être comptés laborieusement, car ils étaient tous plus stupides les uns que les autres.

— Et maintenant, dit Finaude au géant, promettez-vous de ne plus emporter d'enfants et de n'en jamais manger un seul de votre vie ?

— Oui, oui, je promets ! répondit Tonnerre-fait-homme en sanglotant.

— Et vous ne franchirez plus les limites du Pays des Géants ?

— Plus jamais !

— Et vous ne porterez plus de bas blancs le dimanche pour faire croire aux autres que vous avez le cœur pur et vous donner à vous-même bonne conscience ? C'est promis ?

Ici le Géant hésita et se mit à discuter. Mais Finaude n'aimait pas les hypocrites. Elle insista et le géant promit.

Ensuite, elle exigea de lui qu'une fois qu'elle lui aurait rendu son cœur, il le donnerait à garder à sa femme, et cela pour toujours. Le pauvre géant tomba à genoux et recommença à supplier. Mais, dès que Finaude eut infligé à son cœur un léger pincement, il hurla :

— Oui ! Oui ! Babioline l'aura, je le jure. Seulement, elle ne devra pas le mettre dans le coffre à farine ni dans le trou aux ordures.

— Bien sûr que non. Entendez-vous avec elle à ce propos. Mais promettez-vous aussi de nous laisser tranquilles, mon frère et moi, et de ne pas chercher à vous venger de ce que nous avons fait ?

— Certainement, certainement, mes chers enfants. Je promets tout. Mais faites vite, je vous en prie : rendez-moi mon pauvre cœur.

— Restez là où vous êtes, alors, et attendez que je vous l'apporte.

— Oui, oui ; seulement ne tardez pas, car je me sens très faible.

Finaude commença à dénouer l'orifice du sac. Et Buffletin, qui avait acquis beaucoup d'expérience au cours de ses voyages, tira son couteau sous prétexte de couper la ficelle, mais en vérité pour parer à toute surprise.

Le cœur ne fut pas plutôt hors du sac qu'il s'étendit, enfla et devint aussi gros qu'un bœuf ; et le géant, poussant un cri de rage et de vengeance, se précipita sur les deux enfants, qui s'étaient écartés du terrible cœur. Heureusement, Buffletin était trop prompt pour Tonnerre-fait-homme. Il bondit sur le cœur et y enfouit son couteau jusqu'à la garde. Une fontaine de sang en jaillit. Alors, avec un gémissement épouvantable, le géant tomba mort aux pieds de Finaude, qui ne put s'empêcher d'avoir pitié de lui, malgré tout.

Le vin magique

1
Le ruisseau de Montagne

Jadis vivait dans une vallée d'Écosse un garçon d'une douzaine d'années, le fils d'un berger. Sa mère était morte et il n'avait ni frère ni sœur. Son père partait toute la journée dans la montagne avec ses moutons, mais quand il rentrait à la nuit, il était sûr de trouver la maison propre et nette, le plancher balayé, un bon feu flambant et son souper qui l'attendait, tout comme s'il avait eu une femme ou une fille pour prendre soin du ménage au lieu d'un simple petit gars.

Autant dire que Colin, bien qu'il sût seulement lire et écrire et qu'il ignorât tout des chiffres, était dix fois plus débrouillard et plus capable d'apprendre n'importe quoi que s'il avait été à l'école tous les jours de sa vie. Il n'était jamais pris au dépourvu quand il fallait faire quelque chose. Il tâtonnait, sans doute, mais finissait toujours par trouver la bonne voie, alors qu'un autre aurait été encore en train de chausser ses souliers pour partir à sa recherche. Avec cela, au moment même où il était le plus absorbé par sa besogne, son esprit ne cessait jamais de bâtir des châteaux en Espagne. Je crois quant à moi que les deux occupations devraient toujours aller de pair.

Colin se débrouillait si bien qu'il n'était jamais

surmené et qu'il lui restait toujours du temps libre. En hiver, il le passait à lire au coin du feu ou à tailler des morceaux de bois avec son couteau de poche, et en été il sortait faire un tour. Son grand délice était un ruisseau qui courait dans la vallée, venu des montagnes avoisinantes. Il en remontait le cours toutes les après-midi, les mains dans les poches. Il n'allait jamais bien loin cependant, tant il était captivé par les gambades du ruisseau. Parfois il s'asseyait sur un rocher pour contempler l'eau qui se faufilait d'un train rapide parmi les pierres avec un murmure décidé et réprobateur. Parfois il s'arrêtait près d'une mare profonde et il guettait les truites aux taches cramoisies qui filaient de-ci de-là comme si c'étaient leurs pensées et non leurs queues qui les envoyaient où elles avaient dessein d'aller. Et quand il se postait devant la petite cascade qui culbutait, brillante et lisse, pardessus une roche évidée, il allait rarement plus loin.

Mais il y avait une chose qui le tracassait toujours. C'était que, lorsque le ruisseau passait près de leur maison, il ne pouvait faire autrement que de traverser la petite cour que bordaient l'étable à vaches et la porcherie ; et là, ne trouvant pas de lit convenable, il s'étalait piteusement, devenant une mare plutôt qu'un ruisseau, une mare toute souillée par les pieds fourchus de la vache et des cochons. Il avait l'air, alors, aussi défiguré que perdu. Si bien que, même une fois ressorti de la cour à grand peine, il lui fallait longtemps pour se ressaisir. Avant d'y parvenir tout à fait, il se sauvait furtivement, comme honteux, avec des forces presque épuisées et un élan tout appauvri — jusqu'à ce que, recevant enfin l'amical secours d'un petit rû limpide venu tout droit des hauteurs, il retrouvât un regain de courage et reprît sa course bondissante.

— Ça ne peut pas être ce que la vache boit qui fait la différence, se disait Colin. Quant aux cochons, ils ne s'en soucient pas. Je crois vraiment que le ruisseau est offensé d'être piétiné et projeté en éclaboussures de droite et de gauche. La vache n'est pas sale, mais elle est stupide et elle manque de tact. Les cochons, eux, sont bel et bien sales, quoi qu'on fasse. Il faut inventer quelque chose. Voyons un peu.

Il alla reconnaître le terrain. De l'autre côté de la maison, ce n'était que roc, dans lequel il ne pouvait pas tailler. Il arriva forcément à la conclusion que le seul autre parcours possible pour le ruisseau était de passer franchement à travers la maison.

Pour la plupart des ingénieurs, ç'aurait été là le dernier parti à prendre ; mais le cœur de Colin se mit à danser de joie à l'idée de voir son cher ruisseau passer en plein chez eux. Quelle fraîcheur tout le long de l'été ! Comme se serait commode pour faire la cuisine ainsi que pour boire pendant les repas ! Sans parler de

la musique qu'il leur ferait sans cesse entendre ! Que d'histoires il lui conterait, ce bon ruisseau, pendant le jour ! Que de chansons il lui chanterait le soir pour l'endormir ! Quel compagnon ce serait pour lui quand son père était absent ! Ah, et puis on pourrait s'y baigner quand on voudrait. L'hiver, évidemment, brrrrrr... mais l'hiver était encore loin.

Le lendemain même, son père alla à la foire, de sorte que Colin se mit aussitôt à l'œuvre.

Ce n'était pas une entreprise très difficile, car les murs de la maison, comme son sol, étaient d'argile : ceux-là cuits et presque transformés en brique par le soleil, celui-ci battu et piétiné ferme. Tout cela pouvait s'attaquer à la pioche et à la pelle. Colin tailla donc dans les murs, puis creusa le long du sol un canal, qu'il garnit de pierres au fond et sur les côtés. Quand le ruisseau aurait traversé la maison, puis le petit jardin de devant, il n'aurait aucun mal à retrouver son lit plus bas, où la pente devenait très raide.

Son père rentra le même soir.

— Qu'as-tu fait là, Colin ? demanda-t-il tout étonné quand il vit la tranchée pratiquée dans le sol de leur maison.

— Attends une minute, père, que je te donne ton souper, répondit Colin. Je t'expliquerai ensuite.

Quand son père fut attablé, Colin courut au dehors et, se précipitant vers le ruisseau, en ouvrit la berge de deux coups de bêche juste à l'endroit où un creux naturel du terrain menait droit à la maison.

Le ruisseau bondit hors de son lit comme une bête fauve hors d'une cage, s'élança plus vite que Colin ne put le suivre, et franchit d'un trait le mur percé de la maison. Le père poussa un cri. Quand Colin rentra, il le trouva assis, sa cuiller à mi-chemin de sa bouche et ses yeux fixés sur l'eau boueuse qui se ruait en écumant à travers sa maison.

— Il retrouvera bientôt sa limpidité, dit Colin, et alors ce sera un vrai délice !

Son père ne répondit rien, mais continua à regarder le flot fixement. Colin enchaîna en énumérant longuement les avantages que procurait le passage d'un ruisseau à domicile. Finalement, son père se mit à sourire et dit :

— Tu es un curieux garçon, Colin. Mais, après tout, pourquoi n'aurais-tu pas tes fantaisies, toi aussi, tout comme les gens plus âgés ? Nous mettrons la chose à l'essai pendant un bout de temps, après quoi nous aviserons.

Il s'était souvent dit que son fils avait une vie bien monotone et bien solitaire, et il répugnait à lui refuser une distraction qui semblait lui faire plaisir.

Colin, cependant, fit tout à coup un saut au dehors, devant la maison, pour voir le ruisseau couper au plus court, dévaler allègrement la pente et regagner son ancien lit. C'était en effet un spectacle qui en valait la peine.

— Heureusement qu'il n'a pas de cou à rompre, se dit Colin, sans quoi il le romprait vingt fois par minute. Il se jette carrément en bas de rocher en rocher, tout juste comme j'aimerais à le faire si je ne tenais pas à mes os.

Le jeune ingénieur passa toute la soirée à sortir et à rentrer sans un moment de repos, tantôt montant à l'endroit où il avait entamé la berge, tantôt suivant le ruisseau jusqu'à la maison, puis dans la maison et de nouveau au dehors, pour le voir filer à travers le jardin et se précipiter en catastrophe au bas de la pente.

Finalement son père lui dit qu'il était temps d'aller se coucher. Colin jeta un dernier regard à son cher ruisseau, dont le cours était redevenu tout à fait clair, et obéit. Son père le suivit aussitôt.

2
La flotille des fées

Le lit où couchaient Colin et son père se trouvait maintenant à quelques coudées à peine du ruisseau. Et, comme Colin était toujours le premier levé le matin, il dormait du côté opposé au mur. Aussi resta-t-il quelque temps à regarder le scintillement de l'eau à la lueur rougeâtre du feu qui couvait sous la tourbe, et à écouter la douce musique de sa course rapide à travers la nuit, jusqu'à ce que son murmure se changeât en berceuse et qu'il s'endormît profondément.

Bientôt il sentit qu'il se réveillait à nouveau. Il écoutait le ruisseau affairé, dont la rumeur s'était enrichie depuis que Colin avait dormi. Il entendait entre autres un bruit de planches de bois qui s'entrechoquaient et un murmure bavard mêlé de rires argentins comme si des campanules se fussent mises à tinter.

Il ouvrit les yeux. La lune brillait au long du ruisseau, illuminant les solives enfumées du plafond de son reflet dans l'eau. Celle-ci avait été retenue par un barrage à la sortie, de sorte qu'elle était au ras des berges et au niveau du sol de la maison. Mais c'est à peine si l'on en découvrait encore la surface : tout au plus la voyait-on scintiller çà et là, car elle disparaissait sous la flottille de fées et de lutins qui venaient juste d'arriver.

Les marins, aussi affairés que des marins peuvent l'être, s'amarraient le long des berges et halaient leurs embarcations bien à sec sur le rivage. Quelques-unes d'entre elles avaient de petites voiles qui brillaient toutes blanches au clair de lune, amenées à demi (comme on dit en langage nautique) ou déployées toutes dans la brise légère qui accompagnait le ruisseau dans sa descente. Certaines ne craignaient pas de s'élancer à travers la foule des autres, avec leurs avirons qui jetaient des éclairs et de petites voix qui lançaient des appels et de petits pieds qui couraient et de petites mains qui tiraient sur de fins cordages qu'on voyait passer à travers de menus blocs d'ivoire.

Sur le rivage se tenaient des groupes de dames fées vêtues de toutes les couleurs de l'arc-en-ciel, mais où le vert prédominait, escortées de petits gentilhommes tous habillés de vert, mais avec des plumes rouges et jaunes à leurs chapeaux. La reine avait abordé du même côté du ruisseau que Colin. En quelques minutes, plus de vingt danses se nouèrent en même temps sur les deux rives du ruisseau enchanté. Et à quelques pas le grand visage de Colin, juste au-dessus de ses couvertures, les dévorait du regard comme un ogre.

Après quelques danses, il entendit une voix claire, suave et cristalline qui disait :

— Cela suffit. Je suis lasse de danser et de regarder danser comme les grandes gens. Faisons plutôt une partie de cheval fondu !

(C'est un vieux jeu où les uns, parfois à plusieurs,

s'élancent sur les autres, qui doivent se garder de *fondre,* c'est-à-dire de tomber sous leur poids).

Aussitôt les groupes se dispersèrent, et, pour commencer, chaque fée ou lutin se mit à folâtrer pour son compte. Puis le petit peuple se répandit dans toute la maison et Colin perdit de vue la plupart d'entre eux.

Tandis qu'il observait les gambades de deux lutins tout proches qui semblaient avoir oublié l'ordre de la reine et qui se comportaient moins en gentilhommes qu'en baladins de foire, il entendit une voix à deux doigts de son oreille ; mais il eut beau regarder tout autour de son oreiller, il ne vit rien.

La voix s'arrêta lorsqu'il commença à regarder, mais elle reprit lorsqu'il y renonça.

— Vous ne pouvez pas me voir. Je vous parle à travers un trou du bois à la tête de votre lit.

Colin connaissait bien le trou laissé par un nœud du bois.

— Ne regardez pas, dit la voix. Si la reine m'aperçoit, elle me pincera. Oh ! je vous en prie, ne regardez pas !

La voix devint si plaintive que Colin eut pitié et prit bien garde de ne pas regarder. Elle poursuivit :

— Je suis une petite fille, pas une fée. La reine m'a volée à la minute même où je suis née, il y a sept ans, et je ne peux pas m'échapper. Je n'aime pas les fées. Elles sont si sottes ; et jamais elles ne gagnent en sagesse. Moi, je deviens plus sage d'année en année. Je voudrais bien retourner chez les miens, mais elles m'en empêchent, elles m'en empêchent ! Elles me font jouer toute la nuit à être quelqu'un d'autre et elles me font dormir toute la journée. C'est comme ça qu'elles s'occupent elles aussi. Mais je voudrais tant être moi-même ! La reine a beau me dire que ce n'est nullement une façon d'être heureuse, je voudrais tant être une petite fille ! Prenez-moi !

— Comment faire pour te prendre ? demanda Colin dans un murmure qui retentit après la petite voix de l'enfant comme le vent dans un champ de haricots secs.

— La reine est si contente de vous qu'elle vous offrira sûrement quelque chose. Choisissez-moi. Chut, la voici qui vient.

Immédiatement il entendit une autre voix, plus aiguë et plus forte, quelque part devant lui. A force de regarder çà et là, il vit, debout à l'extrémité du lit, une ravissante petite créature avec une couronne étincelante de pierreries et tenant à la main, en guise de sceptre, un roseau dont la fleur brillait comme une rivière de grenats.

— Grande créature au regard fixe ! dit-elle. Tu as les yeux beaucoup trop gros pour voir avec ! Quels lourdauds de farfadets vous faites, épaisses gens que vous êtes !

Cela dit, elle posa sa baguette en travers des yeux de Colin.

— Voilà pour te faire voir, niguedouille ! lui dit-elle.

Et au même instant Colin vit la chambre comme une énorme grange pleine de créatures d'environ deux pieds de haut. Les solives, au-dessus de sa tête, étaient peuplées de fées et de lutins en train de se jouer mutuellement tous les tours imaginables, partout se bousculant, se culbutant, se jetant de la poussière et de la suie à la tête les uns des autres, se laissant tomber sur la nuque les uns des autres et se faisant des crocs-en-jambes les uns aux autres — sans parler de ceux qui grimaçaient dans les coins. Deux d'entre eux, s'étant emparés d'une coquille d'œuf, s'approchèrent par-derrière d'un lutin assis au bord d'une table et l'en coiffèrent de telle sorte qu'il y disparut comme sous un éteignoir. Mais les dames et demoiselles fées ne se mêlaient pas à ces farces grossières. Leurs tours étaient toujours gracieux ; d'ailleurs elles avaient plus à dire qu'à faire.

Dès que la reine eut étendu sa baguette sur les yeux de Colin, elle reprit :

— Sache, fils de mortel, que tu as complu à la reine des fées. Bien que maîtresse des éléments, je ne puis avoir tout ce que je désire. Tu m'as fait un don.

Depuis des années, je souhaite pouvoir suivre le cours de ce ruisseau tout du long jusqu'à l'océan. Ton horrible cour de ferme, depuis que ton arrière grand-père a construit cette maison, était la seule chose qui fît obstacle à mes vœux. Car nous autres fées détestons la saleté, non seulement dans les maisons, mais dans les champs et les bois et par-dessus tout dans les eaux courantes. En bref tu m'as fait grand plaisir, tu es un bon garçon et tu auras ce qu'il te plaît. Demande-moi ce que tu veux.

— S'il plaît à Votre Majesté, dit Colin résolument, je veux une petite fille que vous avez emportée voici sept ans à sa naissance.

— Cela ne plaît pas à Ma Majesté ! s'écria la reine dont le visage s'était assombri. Demande-moi n'importe quoi d'autre.

— Que cela plaise ou non à Votre Majesté, reprit bravement Colin, vous êtes liée par votre promesse. Je veux cette petite fille et c'est cette petite fille que j'aurai, rien d'autre.

— Tu oses me parler ainsi, rustre !

— Oui, Votre Majesté.

— Eh ! bien, tu ne l'auras pas.

— En ce cas, je détournerai à nouveau le ruisseau et je le ferai passer à travers le fumier, dit Colin. Croyez-vous que je vous laisserai entrer dans ma maison pour y jouer au cheval fondu quand cela vous plaît si vous vous conduisez ainsi envers moi ?

Là-dessus, il s'assit dans son lit et regarda la reine bien en face. Ce faisant, il aperçut une exquise petite créature qui jetait un coup d'œil furtif au détour du pied du lit. Il comprit que c'était la petite fille parce qu'elle se tenait tranquille, qu'elle avait l'air effrayée et qu'elle suçait son pouce, ce que ne font jamais les fées.

La reine, voyant à qui elle avait à faire et sachant que les reines du Pays des Fées sont liées par leur parole, essaya de prendre une autre ligne de conduite. Elle se donna les manières et les mines les plus aimables, les plus engageantes qu'elle put ; ce que voyant, le petit visage que Colin entrevoyait au pied du lit se troubla de plus en plus et la petite tête s'agita de droite à gauche et le petit pouce tomba de la petite bouche.

— Cher Colin, dit la reine, tu auras la petite fille. Mais tu feras d'abord quelque chose pour moi.

La petite fille secoua la tête aussi fort qu'elle put, mais Colin était trop absorbé par la reine pour y prendre garde.

— Bien sûr que oui. De quoi s'agit-il ? demanda-t-il.

Du seul fait de cette réponse, il se trouva lié par un nouveau marché et au pouvoir de la reine.

— Il faut que tu ailles me chercher une bouteille de carasson, dit-elle.

— De carasson ? Qu'est-ce que c'est ? demanda Colin.

— Un vin magique qui rend les gens heureux.

— N'êtes-vous pas déjà heureuse ?

— Non, Colin, répondit la reine avec un soupir.

— Vous avez tout ce que vous voulez.

— Excepté le carasson, répliqua la reine.

— Vous faites tout ce que vous voulez, vous allez partout où il vous plaît...

— Justement. Je voudrais quelque chose dont je n'aie pas particulièrement envie ou qui ne me plaise pas particulièrement — quelque chose, en un mot, dont je ne sache rien. Je voudrais une bouteille de carasson.

Et elle se mit à pleurer comme un enfant gâté.

— Mais comment ferai-je pour l'obtenir ?

— Je n'en sais rien. C'est à toi de le découvrir.

— Oh ! ça n'est pas de jeu ! s'écria Colin.

La reine éclata d'un rire qui tintinnabula comme les cloches de cent moutons en folie et s'élança vers la berge de la rivière, où elle bondit à bord de son bateau. Sur quoi, tel un essaim d'abeilles, les courtisans et les marins se rassemblèrent : deux sortirent du soufflet de l'âtre, trois de la garde en coquille du sabre pendu au mur, six — tout blancs — du coffre à farine, et ainsi de suite, s'en venant de tous les coins de la maison pour regagner la rivière. Parmi eux, Colin aperçut la petite fille qui se glissait à bord du bateau de la reine en portant son jupon à ses yeux ; et la reine lui montrait le poing. Cinq minutes plus tard, ils étaient tous remontés pêle-mêle dans le bateau, et la flottille entière descendait le courant. L'instant d'après, dans la maison désertée par ses visiteurs féeriques, chaque chose avait repris sa taille habituelle.

— Ils vont se fracasser sur les rochers ! s'écria Colin en sautant sur ses pieds et en courant au jardin.

Quand il atteignit la chute d'eau, il ne vit rien d'autre que le plongeon rapide, puis la ruée de l'eau écumeuse au clair de lune. Il crut entendre des cris monter d'en-bas et s'imagina qu'il distinguait les sanglots de la petite fille qu'il avait perdue si sottement. Mais les bruits pouvaient n'être que ceux de l'eau, car la diversité des voix d'un ruisseau est sans fin. Il en suivit le cours tout du long jusqu'à l'ancien lit, mais ne vit rien qui témoignât d'un désastre. Alors il regagna son propre lit et se coucha, songeant quel sot il avait été, jusqu'à ce qu'il s'endormît en pleurant à la pensée de la petite fille qui ne deviendrait jamais une femme.

3
La vieille femme et sa poule

Au matin, cependant son courage lui était revenu et le mot « carasson » ne cessait de retentir dans sa tête.

Dans les contes de fées, se dit-il, les gens finissent toujours par trouver ce qu'ils cherchent. Pourquoi ne trouverais-je pas ce carasson ? Il est vrai que cela n'a pas l'air probable, mais à première vue ça ne parait pas probable non plus que la terre tourne, et pourtant elle tourne bel et bien. Je tenterai donc la chose.

Par où commencer ?

Lorsque Colin ne savait que faire, il se mettait toujours à faire n'importe quoi, pour voir. Si bien que, lorsque son père s'en fut allé sur la colline, il remonta le long de la rivière par laquelle les fées étaient descendues.

— J'ai tort de remonter aussi haut, se dit-il enfin, car si le carasson poussait au Pays des Fées, la reine saurait où s'en procurer.

Tout à coup il se rappela qu'il s'était perdu dans la lande au temps de son enfance, et qu'il était entré dans une cabane où il avait trouvé une vieille femme en train de filer la laine. Et elle lui avait raconté de merveilleuses histoires avant de lui montrer le chemin de sa maison.

Il se dit qu'elle pourrait sans doute l'aider à présent, d'autant plus qu'elle serait encore plus vieille et encore plus sage que jadis. Il résolut donc de chercher sa cabane et de lui demander ce qu'il devait faire.

Il quitta le ruisseau, se mit à grimper sur la colline et parvint bientôt dans une lande désolée. Le soleil était ennuagé, le vent froid, tout avait l'air triste, et l'on ne voyait aucun signe de cabane. Colin poursuivit son chemin, regardant de tous côtés, et soudain il se rendit compte qu'il ne saurait pas comment revenir sur ses pas. Au même instant, juste en face de lui, apparut la cabane. Et alors il se souvint que c'était aussi au moment où il s'était perdu qu'il l'avait vue la fois précédente.

— Il semble qu'on doive se perdre pour trouver certaines choses, se dit-il.

Il s'avança vers la cabane, qui était comme une grande ruche ronde qu'on aurait construite en tourbe, et il frappa à la porte.

— Entre, Colin, dit une voix.

Et il entra en se courbant très bas.

La vieille femme était assise auprès d'un petit feu, en train de filer à l'ancienne mode avec un fuseau et une quenouille. Elle s'arrêta au moment où il entra.

— Viens t'asseoir près du feu, dit-elle, et explique-moi ce que tu veux.

Colin vit alors qu'elle n'avait pas d'yeux.

— Je suis navré que vous soyez aveugle, lui dit-il.

— Ne t'inquiète pas de ça, mon cher garçon, répondit-elle. Je vois malgré tout plus de choses que toi. Dis-moi ce dont tu as besoin, et je verrai au moins ce que je puis faire pour toi.

— Comment savez-vous que j'ai besoin de quelque chose ? demanda Colin.

— A quoi bon des paroles perdues ? dit la vieille femme. Je n'aime pas ça. Les paroles ne sont pas plus faites pour être perdues que les miettes.

— Je vous demande pardon, répondit Colin. Je vais tout vous dire.

Et il lui raconta en effet toute l'histoire.

— Oh ces fées ! ces lutins ! ils sont toujours en train de faire du vilain, dit la vieille femme. Ils ne savent pas s'amuser sans faire du mal à leur prochain. Il va falloir que je montre à cette petite reine ce que je pense de ses façons. Allons, mon cher enfant, tu plais à mon cœur et je vais te dire ce qu'il faut faire. Tu apporteras à cette sotte de reine sa bouteille de carasson. Mais elle n'en sera pas plus heureuse pour ça, je peux te le dire. Néanmoins, c'est là mon affaire. Quant à toi, Colin, il faut pour commencer que tu rêves trois jours sans dormir. Ensuite, il faudra que tu travailles trois jours sans rêver. Et pour finir, tu devras travailler et rêver trois jours d'affilée.

— Comment ferai-je tout cela ?

— Je t'aiderai de tout mon pouvoir, mais beaucoup dépend de toi. En attendant, il faut que tu aies quelque chose à manger.

Ce disant, elle se leva, et se dirigeant vers un recoin situé derrière le lit, en revint avec un grand œuf doré dans sa main. Elle le déposa dans l'âtre et le couvrit de cendres chaudes. Puis elle se mit à bavarder avec Colin au sujet de son père et des moutons et de la vache et de son travail à la maison, et elle lui montra qu'elle savait tout de lui. Finalement, elle écarta les cendres de l'œuf et le mit sur une assiette.

— Il brille comme de l'argent maintenant, dit Colin.

— C'est signe qu'il est bien cuit, dit-elle en le mettant devant lui.

Colin n'avait jamais rien goûté qui fût moitié aussi bon. Et il n'avait jamais vu tant de chère dans un œuf. Avant qu'il eût fini, c'était déjà comme s'il eût fait un plantureux repas. Dans l'intervalle, la vieille femme lui dit :

— Te raconterai-je une histoire pendant que tu déjeunes ?

— Oh oui, je vous en prie ! s'écria Colin. Vous m'en avez déjà raconté de si belles !

— Jenny, dit la vieille femme. Je suis au bout de ma laine : va m'en chercher d'autre.

De derrière le lit sortit une grosse poule de couleur plutôt neutre, mais de superbe prestance. Elle traversa la pièce avec dignité en posant délicatement les pattes à terre comme une matrone collet-monté qu'elle était et, s'arrêtant près de la porte, dit : « Clouc, clouc. »

— Oh, la porte est fermée, n'est-ce pas ? dit la vieille femme.

— Laissez-moi l'ouvrir, dit Colin.

— Oui, mon cher garçon, va.

— Toutes ces choses blanches, qu'est-ce que c'est ? demanda-t-il car la cabane se dressait au milieu d'un grand lit d'herbes à tête blanche.

— Ce sont mes moutons, dit la vieille femme. Tu vas voir.

Jenny s'avança dans les herbes, et tendant le cou, cueillit du bec la blanche substance laineuse. Quand elle en eut autant qu'elle en pouvait tenir, elle revint la déposer sur le sol de la cabane ; puis elle en écarta les graines, qu'elle avala, et retourna en chercher davantage.

La vieille femme prit la laine, et l'attachant à son fuseau, se mit à filer, faisant tournoyer la quenouille, puis la laissant retomber pour tirer le fil du fuseau. Mais, dès que la quenouille commençait à tourner, elle se mettait à briller de toutes les couleurs de l'arc-en-ciel, et c'était ravissant à voir. Avec cela, les mains de la fileuse, au lieu d'êtres vieilles et ridées, étaient jeunes et belles, avec de longs doigts effilés, et ces mains tiraient la laine, et la quenouille tournait en jetant des éclairs de couleur, et la poule continuait à aller et venir, rapportant la laine et avalant les graines, et la vieille femme racontait à Colin histoire sur histoire, tant et si bien qu'il se disait qu'il pourrait rester là à les écouter toute sa vie. Parfois il lui semblait tantôt que la quenouille les faisait miroiter, tantôt que les longs doigts les filaient, tantôt que la poule les tirait des têtes blanches des longues herbes et les apportait dans son bec et les étendait sur le sol.

Tout à coup la quenouille ralentit, puis cessa peu à peu de tourner ; les doigts cessèrent eux aussi de tirer le fil ; la poule s'en alla derrière le lit et la voix de l'aveugle se tut.

— Je suppose qu'il est temps que je parte, dit Colin.

— Oui, il est temps, répondit son hôtesse.

— Alors, veuillez me dire comment je dois faire pour rêver pendant trois jours sans dormir.

— C'est fait, dit la vieille femme. Tu viens juste de finir cette partie du programme. Je t'ai dit que je t'aiderais de tout mon pouvoir.

— Y a-t-il donc trois jours que je suis ici ? demanda Colin stupéfait.

— Trois jours et trois nuits. Aussi Jenny, la

quenouille et moi, nous sommes fatiguées et nous avons besoin de dormir. De plus, Jenny a trois œufs à pondre. Dépêche-toi, mon garçon.

— Je vous en prie, dites-moi ce que je dois faire à présent.

— Jenny va te mettre sur ton chemin. Quand tu arriveras là où tu dois aller, tu leur diras que la vieille femme à la quenouille désire qu'ils élèvent d'une coudée le Roc de Broie-les-os et qu'ils fassent passer un conduit sous la Tourbière de Pierraffame. Jenny, va montrer sa route à Colin.

Jenny sortit de derrière le lit avec un « clouc » revêche et lui fit faire un bon bout de chemin à travers la lande par un sentier que seule une poule aurait pu trouver. Mais soudain elle fit demi-tour et s'en retourna chez elle.

4
Le lutin-forgeron

Colin devinait juste sur la lande un semblant de piste, qu'il suivit jusqu'au coucher du soleil. Il vit alors devant lui une lueur confuse, à laquelle il attacha son regard, et il atteignit enfin une forge où, regardant par la porte ouverte, il vit un puissant forgeron bossu — énorme et tout en largeur — qui travaillait en tenant un marteau dans chaque main.

Quand il vit Colin, il eut un sourire qui était une formidable grimace et il lui dit poliment :

— Entrez, entrez : mes jeunots seront contents de vous voir.

Il avait l'air d'une redoutable créature avec son grand bec-de-lièvre surmonté de la boule rouge qui lui servait de nez. Quoi qu'il fît — qu'il parlât, qu'il rît ou qu'il éternuât — il ne s'arrêtait pas de travailler un seul instant. Chaque fois que des étincelles lui volaient au visage, il les attrapait avec ses yeux (qui étaient de la couleur d'un charbon à-demi éteint) tantôt avec l'un, tantôt avec l'autre ; et plus ils absorbaient d'étincelles, plus ils brillaient.

Au moment où Colin entra, il sortit de la fournaise une énorme barre de fer et commença à la marteler de telle sorte qu'il disparut dans une nuée d'étincelles. Colin dut fermer les yeux et se tenir pour heureux d'en être quitte pour quelques menues brûlures au visage et aux mains. Quand le forgeron eut battu le fer jusqu'à ce que le métal fût devenu presque noir, il le remit au feu et cria une centaine de noms bizarres :

— Ici, Grumeau, Hirsute, Cliquet, Lèchefrite,

Grenaille, Ratière, Marmite, Grisfessard, Verrue, Bousille, Tête-de-lard... !

À mesure qu'il les appelait, des nains dégringolaient l'un après l'autre en culbutant du haut de la cheminée, dans un coin de laquelle le feu faisait rage. Ils se pressèrent autour de Colin et se mirent à lui faire de hideuses grimaces tout en crachant du feu sur lui. Mais il fit bonne contenance et prit la mine la plus fière qu'il put. À la fin, l'un d'eux le pinça, et Colin, ne pouvant plus y tenir, lui tapa avec force sur la tête. Il reçut un tel choc qu'il crut s'être mis la main en pièces, et la tête du nain résonna comme un pot de fer.

— Eh bien, eh bien, jeune homme ! cria le forgeron. Laissez mes enfants tranquilles.

— Alors, dites-leur de me laisser tranquille eux-mêmes, répliqua Colin.

Et, se rappelant le message de la vieille femme, juste au moment où les nains recommençaient à se presser autour de lui avec des mines de plus en plus menaçantes, il ajouta :

— Écoutez-moi, galopins ! Je ne supporterai pas ça plus longtemps. Mettez-vous sur le champ au travail. La vieille femme à la quenouille dit que vous devez élever d'une coudée le Roc de Broie-les-Os et faire passer un conduit sous la Tourbière de Pierraffame.

En un instant, ils eurent disparu dans la cheminée. L'instant d'après la forge se mit à osciller sur ses fondements. Le forgeron n'y prit pas garde et continua à travailler plus furieusement que jamais. Ensuite se produisit un grand craquement, accompagné d'une secousse qui jeta Colin à terre. Le forgeron chancela, mais ne lâcha pas ses marteaux et n'interrompit pas une seule fois les coups qu'il assenait sur l'enclume.

— Ces gamins finiront pas se faire du mal, dit-il.

Puis, se tournant vers Colin :

— Vous là, mon petit monsieur, prenez un peu le marteau. Çà n'est pas un endroit pour les feignants ici. Si vous ne travaillez pas, vous serez mis en pièces en un rien de temps.

Au même instant, une rafale venue de la cheminée balaya tout le feu au milieu de la pièce. Le forgeron bondit sur la forge et disparut dans la hotte de la cheminée. Il reparut presque aussitôt en portant sous son bras un des lutins qui criait et se débattait, posa la vilaine tête du nain sur l'enclume en le tenant par la nuque et lui donna un grand coup de marteau au-dessus de l'oreille. Le marteau rebondit, le lutin poussa un hurlement et le forgeron le lança dans le cheminée en disant :

— Celui-là, c'est la seule façon de le traiter. M'est avis que tu feras plus attention pendant quelque temps, Peau-de-limon !

Là-dessus il reprit son autre marteau et se remit à l'ouvrage en disant à Colin :

— Maintenant, jeune homme, tant que vous donnerez un coup de marteau chaque fois que j'en donne un moi-même, vous serez en sûreté ; mais si vous vous arrêtez ou si vous manquez un coup, je ne serai pas responsable des conséquences devant la vieille femme à la quenouille.

Colin prit son marteau et fit de son mieux. Mais il découvrit bientôt qu'il n'avait jamais su ce que c'était que de travailler. Le forgeron avait un marteau dans chaque main et tout ce que Colin pouvait faire était de manier son petit marteau avec les deux mains, de sorte qu'il ne parvenait à frapper autant de coups que le forgeron qu'au prix d'épuisants efforts. Une fois, comme il avait perdu la cadence, le marteau du forgeron s'abattit sur la tête du sien, l'aplatit sur l'enclume et envoya le manche à l'autre bout de la salle, où il heurta le mur avec le fracas d'un coup de canon.

— Je vous l'avais bien dit, observa le forgeron. Grouillez-vous, car les mômes auront besoin de vous et moi avant d'élever d'une coudée Le Roc de Broie-les-os.

À ce moment-là, celui des lutins qui avait la plus grosse tête de toute la famille sortit de la cheminée.

— Des coins de six pieds et un levier de trois aunes,

dit-il, ou bien Broie-les-os va nous broyer les os sans tarder.

Le forgeron courut derrière le soufflet, apporta une barre de fer épaisse d'environ trois pouces, y mesura et y coupa une longueur de trois aunes, mit au feu l'extrémité de la barre ainsi écourtée, souffla à tout rompre avec son maître soufflet et la ressortit blanche comme du papier. Après quoi, lui et Colin la martelèrent jusqu'à ce que l'extrémité de la barre fût aplatie comme une lame, que le forgeron recourba un peu vers le haut. Il tendit alors le nouvel outil au nain.

— Tiens, Grumeau, dit-il. Sauve-toi avec ça. Le temps que tu reviennes, les coins seront prêts.

Ils s'attaquèrent alors aux coins. Et Colin travailla comme trois. Il n'aurait jamais cru qu'il pouvait travailler aussi dur. Pas une seconde d'arrêt, excepté quand le forgeron allait chercher dans la fournaise une autre masse incandescente ! Et pourtant, au grand étonnement de Colin, plus il travaillait, plus ses forces semblaient croître. Au lieu d'être épuisé, il n'avait pas plus tôt repris haleine qu'il brûlait de se remettre à l'ouvrage ; et il lui semblait qu'il avait doublé de taille depuis qu'il avait pris un marteau en main.

Tout le temps, les lutins entraient et sortaient à toute allure en emportant une chose ou une autre. Colin se dit que, s'ils se servaient de tous les outils qu'ils venaient chercher, ils devaient fournir vraiment un formidable travail. D'ailleurs les secousses qu'on ressentait dans la forge témoignaient des efforts qu'ils faisaient quelque part dans les parages.

Plus Colin et le forgeron travaillaient ensemble, plus ce dernier devenait amical. Il finit par lui dire, en cognant encore plus fort que d'habitude à chaque parole :

— Pourquoi la vieille femme veut-elle améliorer la Tourbière de Pierraffame ?

— Je ne savais pas qu'elle voulait l'améliorer, répondit Colin.

— C'est visible pour n'importe qui. Tout d'abord elle veut élever le Roc de Broie-les-os d'une coudée : c'est juste ce qu'il faut pour envoyer les rafales du nord-est par dessus le marais sans y toucher. Ensuite, elle veut qu'on fasse passer dessous un conduit de chaleur. C'est clair comme de l'eau de roche ! Qu'est-ce que vous lui avez demandé de faire pour vous ? Elle est toujours en train de faire quelque chose pour quelqu'un et de mettre mes os à la peine.

— Vous n'avez pas l'air de vous faire beaucoup de souci pour ça, monsieur, dit Colin.

— C'est ma foi vrai, répondit le forgeron en assenant un coup de marteau qui enfonça l'enclume en terre de la moitié de sa hauteur (après quoi il eut assez de mal à l'en retirer). Mais je voudrais savoir ce qu'elle a en tête à cette heure.

Colin lui raconta alors tout ce qu'il en savait, c'est-à-dire simplement sa propre histoire.

— Je vois, je vois, dit le forgeron. Tout ça, à mon idée, ça n'a pas plus de corps que du clair de lune, mais nous n'en devons pas moins faire ce qu'elle dit. Et maintenant, c'est mon tour de vous donner un coup de main, mon petit monsieur, car vous avez bien travaillé.

Colin ouvrit ses oreilles toutes grandes.

— Dès que vous aurez quitté la forge, reprit le forgeron, allez droit à la Tourbière de Pierraffame. Gagnez-en le sommet. Tracez-y un cercle de trois aunes de diamètre et creusez une tranchée tout autour. Je vous donnerai une bêche. A la fin du premier jour, vous verrez une vigne percer la terre. A la fin du second jour, elle s'étendra sur tout le cercle. Et à la fin du troisième jour, les raisins seront mûrs. Pressez les grains un par un dans une bouteille — je vous donnerai une bouteille — jusqu'à ce qu'elle soit pleine. Bouchez-la bien et d'ici que la reine vienne la réclamer, ce sera du carasson.

— Oh merci, merci ! s'écria Colin. Quand dois-je partir ?

— Dès que ces garçons auront haussé le Roc de Broie-les-os et fait passer le conduit sous la Tourbière. Ce n'est pas la peine d'y aller plus tôt.

— Alors, je vais continuer mon travail, dit Colin.

Et il se remit à battre l'enclume.

Une minute plus tard survint le lutin à qui son père avait martelé la tête, et il dit respectueusement :

— Tout va bien, monsieur. Les gars sont en train de rassembler leurs outils, il viendront souper dans un instant.

— Êtes-vous bien sûr que vous avez haussé le Roc d'une coudée ? demanda le forgeron.

— Ratatouille dit qu'il y a peut-être un demi-pouce en plus. Maugringreux, trois quarts de pouce. Ça ne fait rien, n'est-ce pas ?

— Non. Sans doute pas. Mais mieux vaut être précis. Est-ce que le conduit est fini ?

— Oui, nous nous sommes débrouillés en haussant le Roc.

— Très bien. Comment va ta tête, Peau-de-limon ?

— Elle résonne un peu.

— Qu'elle te carillonne une leçon alors, pour l'avenir.

— Oui, monsieur.

— À présent vous pouvez partir quand vous voudrez, mon jeune ami, dit le forgeron à Colin. Nous n'avons rien à manger qui vous conviendrait, je suis au regret de le dire.

— Oh ça ne fait rien : je n'ai pas très faim. Mais la

vieille femme à la quenouille a dit que je devrais travailler trois jours sans rêver.

— Eh bien, vous n'avez pas rêvé, si ?

Le forgeron posa la question d'un air furieux en levant son marteau comme s'il voulait faire subir à Colin le même sort qu'à Peau-de-limon.

— Sûrement pas. Vous y avez bien veillé, monsieur.

Le forgeron eut un véritable sourire.

— Alors, allez votre chemin. Tout va bien.

— Mais j'ai seulement travaillé...

— Trois jours et trois nuits, coupa le forgeron. Allons, filez ; les gars vont se remettre à vous tracasser, sinon. Voici votre bêche et voici votre bouteille.

5

La vigne de la tourbière

Colin n'eut pas besoin de se l'entendre dire deux fois et quitta aussitôt la forge. Il se retourna cependant pour demander son chemin... et ne vit plus rien qu'un grand amas de blocs de tourbe qu'on avait extraits du sol et mis là à sécher. Se pouvait-il qu'il fût déjà dans la Tourbière de Pierraffame ?

Le soleil était juste en train de se coucher. Il lui fallait donc gagner au plus vite le point culminant de la région. Comme il était déjà sur une pente, il continua à grimper et il atteignit bientôt un endroit assez élevé, d'où il pouvait voir très loin tout autour de lui. Rien ne le dominait à l'exception d'un grand rocher qui devait être forcément le Roc de Broie-les-os. Et là, à ses pieds, brillait avec un éclat argenté un des œufs de Jenny ! Il aperçut d'ailleurs une petite piste qui avait été grattée et foulée par les pattes griffues de la poule et qui décrivait un cercle de la taille même de celui que le forgeron lui avait annoncé. Il se mit aussitôt à l'œuvre, mangea l'œuf de Jenny, puis creusa la tranchée.

Ces trois jours furent les plus heureux qu'il eût jamais connus. Car il comprenait non seulement ce qu'il faisait lui-même, mais tout ce qui se faisait autour de lui. Il voyait ce qu'étaient les roseaux et pourquoi le fleur venait de côté et pourquoi elle était rousse et pourquoi la moelle était blanche et la tige verte. Et il se disait : « Si j'étais un roseau, c'est exactement comme ça que je déciderais de pousser. » Et il savait ce que la bruyère ressentait avec ses racines au froid et sa tête de clochettes pourpres ; et le lin des marais à la mine vénérable, que la vieille femme appelait ses moutons et dont elle filait la barbe blanche. Et il savait pourquoi elle le filait : c'était afin de tisser avec un magnifique drap blanc dont elle ferait des chemises de nuit pour toutes les bonnes gens que la mort guettait ; car quiconque portait l'une de ces chemises-là ne mourait jamais tout à fait.

Il sentait le vent jouer avec chaque brin d'herbe de son cercle enchanté. Il sentait la chaleur rayonner du conduit pratiqué sous la tourbière. Il sut à quel moment la vigne allait percer la terre et il sentit le jus s'amasser et monter des racines dans les raisins. Et tout le temps, il lui semblait qu'il était aussi à la maison, en train de soigner la vache, de faire le souper de son père ou de lire un conte de fées en attendant qu'il revînt à la maison.

Et puis ce fut enfin le soir du troisième jour. Colin pressa les riches raisins noirs dans sa bouteille, la boucha, mit sa bêche sur son épaule et reprit le chemin du logis, guidé par un pic montagneux qu'il reconnaissait au loin. Après avoir marché toute la nuit au clair de lune, il arriva enfin dans un endroit familier, d'où il descendit au ruisseau, qu'il suivit jusque chez lui.

Il rencontra son père qui sortait avec ses moutons.

Grande fut sa joie de revoir Colin, car il avait été terriblement inquiet à son sujet. Colin lui raconta tout ce qui lui était arrivé ; et comme en ce temps-là on croyait beaucoup plus facilement aux prodiges qu'aujourd'hui, le berger ne lui rit pas au nez, mais s'en fut en réfléchissant vers les collines, tandis que Colin poursuivait son chemin vers la maison. Étant parti neuf jours, il y trouva beaucoup à faire. Il rangea soigneusement sa bouteille avec ses vêtements du dimanche, puis il reprit ses besognes ménagères accoutumées.

Cependant, bien que le ruisseau enchanté courût aussi joyeusement que jamais à travers la maison, et bien que Colin veillât tard chaque nuit et plus tard encore quand brillait la lune, nulle flotte féerique ne s'en vint danser et chatoyer le long du ruisseau. L'automne était enfin venu et de froides brumes commençaient à s'élever dans la maison, de sorte que Colin remit le cours d'eau dans son ancien lit et combla les brêches du mur ainsi que le canal, pour que la maison bien close pût affronter les rafales de l'hiver.

Mais ce fut pour lui un hiver plus long que tous ceux qu'il avait jamais connus. Il ne pouvait s'empêcher de penser sans cesse que la petite fille devait avoir bien froid et qu'elle devait se dire : « Quelle tristesse que Colin ait été assez étourdi pour me perdre ! »

6
Les conséquences

Malgré tout, le printemps finit par revenir et, après le printemps, l'été. Aux premiers jours de chaleur, Colin prit sa pelle et sa pioche et une fois de plus la rivière se rua, chantante et bondissante, à travers la maison. Colin fut encore plus ravi que la première fois. Et il veilla tard dans la nuit, mais il ne vit ni lune ni flotte féerique. Et plus d'une semaine passa ainsi.

Enfin, la neuvième nuit, Colin, qui venait juste de s'endormir, ouvrit soudain les yeux, et voilà que la chambre lui apparut tout illuminée de clair de lune et d'étincellement féerique. Les bateaux se balançaient sur l'eau, et la reine et sa cour, qui avaient déjà abordé, dansaient joyeusement sur le sol de terre battue. Il ne perdit pas de temps :

— Reine, reine ! dit-il, j'ai votre bouteille de carasson.

La danse s'arrêta aussitôt et la reine bondit sur le lit de Colin.

— Je ne peux pas supporter la vue de tes grands vilains yeux au regard fixe, dit-elle. Il faut que je te diminue avant de pouvoir te parler.

Une fois de plus, elle étendit son sceptre de roseau en travers des yeux de Colin, sur quoi il vit la reine et tous ses sujets six fois plus grands qu'avant, et la reine poursuivit :

— Où est le carasson ? Donne-le moi.

— Il est dans mon coffre, sous mon lit. Si Votre Majesté veut bien s'écarter, j'irai le chercher pour elle.

La reine sauta sur le sol et Colin, se penchant hors du lit, attira à lui son petit coffre et en sortit la bouteille.

— La voici, Votre Majesté, dit-il, mais sans la lui offrir.

— Donne-la moi tout de suite, dit la reine en tendant la main.

— Donnez-moi d'abord votre petite fille, répondit hardiment Colin.

— Oses-tu marchander avec moi ? dit la reine avec colère.

— Votre Majesté a daigné marchander avec moi la première, répliqua Colin.

— Mais ensuite tu as tâché de nous rompre le cou à tous. Tu as fait une cascade perfide là-bas au bout du jardin. Nos bateaux ont été fracassés et nous avons dû attendre qu'on aille nous chercher des chevaux. Si j'avais été tuée, tu n'aurais pas pu m'obliger à tenir ma promesse, aussi ne la tiendrai-je plus à présent.

— Si vous avez fait choix de descendre par ma cascade... commença Colin.

— *Ta* cascade ! s'écria la reine. Toutes les eaux courantes qui partent du Loch de la Solitude sont à moi, je puis te le dire, tout du long jusqu'à la mer.

— Excepté là où elles traversent des cours de ferme, Votre Majesté.

— Je vous extirperai du pays ! dit la reine.

— En attendant, je remettrai la bouteille dans mon coffre, dit Colin.

La reine se mordit les lèvres de vexation. Puis elle se décida à changer de tactique.

— Viens ici, petite coquine, cria-t-elle d'un ton flatteur.

La petite fille s'avança lentement vers elle et regarda Colin avec des larmes dans les yeux.

— Donne-moi la main, mignonne, dit-il en lui tendant la sienne.

Elle obéit. Sa main était d'une froideur glaciale.

— Lâche sa main, dit la reine.

— Non, dit Colin. L'enfant est à moi.

— Donne-moi la bouteille, alors, dit la reine.

— Non, non ! s'écria l'enfant.

C'était trop tard. La reine l'avait.

— Garde donc la petite fille, cria-t-elle avec un vilain rire.

— Oui, gardez-moi ! cria la petite.

Le cri se termina en sifflement.

Colin sentit quelque chose de gluant qui se tordait

dans sa main et, baissant les yeux, il vit qu'au lieu d'une petite fille il tenait un grand ver en train de se tortiller. Il allait le jeter au loin, mais il se ressaisit et, au contraire, il resserra sur lui son étreinte.

— Si c'est un serpent, je l'étoufferai, pensa-t-il. Si c'est une petite fille, je la garderai.

Au même moment, le ver se mua en un petit lapin blanc qui le regardait piteusement et qui se démenait pour dégager sa patte de devant de la main de Colin. Mais, tout en essayant de ne pas lui faire de mal, Colin ne le laissa pas partir. Alors le lapin se mua en une grande chatte noire dont les yeux jetaient un feu vert. Elle fit « chchchch » ; et cracha et enfla sa queue, mais en vain : Colin la tenait ferme. Ensuite ce fut un pigeon ramier qui se débattait avec terreur pour libérer son aile de l'étreinte de Colin. Mais Colin tenait toujours ferme.

Pendant tout ce temps, la reine s'était efforcée de déboucher le carasson. Quand le bouchon vint enfin, elle poussa un cri et laissa tomber la bouteille. Le carasson s'écoula sur le sol et une étrange odeur se répandit dans la maison.

La reine restait à frissonner et à sangloter près de la bouteille et toute sa cour vint l'entourer, frissonnante et sanglotante elle aussi, et tous les visages des gentilhommes et des dames étaient devenus vieux et ridés. Après un temps, la reine, courbée et chancelante comme une vieille femme, prit le chemin de son bateau, suivie de tous ses courtisans traînant leur corps rabougris en boitillant.

Colin regardait avec stupeur. Il les vit tous monter à bord et il les entendit pleurer amèrement dans le lointain. Ils s'en furent en flottant sur le ruisseau. Les rameurs n'y plongeaient même pas leurs rames, ils se penchaient sur elles en pleurant et laissaient les bateaux dériver au fil de l'eau.

Ils disparurent à sa vue, et le vent de la nuit lui porta le bruit de la cascade, plus fort qu'il ne l'avait jamais entendu...

Soudain il tressaillit, pensa à la petite fille qu'il avait oubliée et constata qu'il avait ouvert la main sans y prendre garde. La tourterelle s'était envolée. Une fois encore, il ne lui resta plus qu'à s'endormir en pleurant.

Au matin, il se sentit très malheureux en se réveillant. Mais dès qu'il entra dans l'étable, voilà qu'il vit assise près de la vache, sur le tabouret fait pour la traire, une charmante petite fille qui n'avait sur elle qu'un bout d'étoffe blanche et qui pleurait amèrement.

— J'ai... si froid, dit-elle entre deux sanglots.

Il la prit dans ses bras, courut à la maison, la mit au lit et revint vite à la vache pour avoir un bol de lait chaud. La petite le but avidement, posa sa tête sur l'oreiller et tomba profondément endormie. Colin vit alors que, bien qu'elle dût avoir huit ans d'après son propre récit, son visage était à peine plus âgé que celui d'un bébé de huit mois.

Quand le père de Colin revint, je n'ai pas besoin de vous dire quel fut son étonnement à voir l'enfant dans le lit. Colin lui raconta ce qu'il était arrivé. Mais son père lui répondit qu'il avait rencontré une troupe de gitans sur la colline ce matin-là.

— Tu as toujours été un rêveur, Colin, avant même de pouvoir parler.

— Ne sens-tu pas le carasson ? demanda Colin.

— Je sens pour sûr un parfum très agréable, répondit son père, mais je crois que cela vient de la clématite qui couronne le mur du jardin. Quelle floraison cette année ! Je suis sûr qu'il n'y a rien de plus exquis dans tout le Pays des Fées, Colin.

Colin répondit que c'était bien possible.

La petite fille dormit trois jours entiers. Et les trois jours qui suivirent, elle ne dit rien d'autre que « J'ai si froid ! » Mais après cela, elle commença à se raniner et à remarquer les choses qui l'entouraient. Pendant trois semaines elle ne voulut goûter qu'au lait chaud de la vache et refusa de quitter le coin de la cheminée. Par degrés cependant, elle commença à aider un peu Colin dans ses besognes ménagères et, à mesure qu'elle s'occupait davantage, son visage devenait de plus en plus expressif. Finalement, elle fit tant de progrès qu'au bout de trois mois elle se débrouillait en toute chose aussi bien que Colin lui-même, et de manière plus soignée. Ce que voyant, Colin lui confia ses devoirs domestiques et s'en fut sur la colline avec son père pour apprendre le métier de berger.

Les choses continuèrent ainsi pendant trois ans. Et Fée, comme ils l'appelaient, devenait de jour en jour plus exquise et regardait de jour en jour Colin avec plus de ferveur.

Au terme de ces trois années, son père envoya Colin chez un vieil ami à lui, qui était maître d'école. Avant de partir, il fit promettre à Fée de ne jamais s'approcher du ruisseau après le coucher du soleil. Il l'avait remis dans son ancien lit le jour même où Fée était arrivée chez eux. Et il pria son père de veiller tout spécialement sur elle quand la lune était pleine, car elle devenait alors très agitée et très étrange et ses yeux avaient l'air de voir des choses que les autres gens ne pouvaient pas voir.

Quand trois autres années se furent écoulées, le maître d'école ne voulut pas laisser Colin retourner chez lui, mais insista pour l'envoyer au collège. Et là, il resta encore trois ans de plus.

Lorsqu'il revint à la maison après son temps de collège, il trouva Fée si belle et si sage qu'il tomba terriblement amoureux d'elle. Et Fée découvrit qu'elle avait été amoureuse de lui, elle aussi, depuis très, très longtemps — depuis toujours peut-être. Là-dessus Colin s'en fut à Londres, où il se mit à travailler très dur, tant et si bien qu'il parvint à se procurer une petite maison dans le Devonshire pour y vivre. Il retourna alors en Écosse, où il épousa Fée. Mais il était bien décidé à l'éloigner du voisinage d'une reine à laquelle on ne pouvait pas se fier.

7
Les fées bannies

Il y avait longtemps que ces fées [1] faisaient de vilaines choses. Elles avaient joué une foule de méchants tours aux mortels humains, volant des enfants auxquels elles n'avaient aucun droit ; refusant de les rendre quand on les leur réclamait ; terrifiant les bébés au berceau ; se dérobant enfin à leurs propres promesses par toute sorte de tricheries.

C'est une fois qu'elles furent tombées si bas que la

---

1. Y compris, bien sûr, les lutins, qui sont, on l'a deviné, des fées mâles.

reine se mit à désirer le carasson. Elle n'était plus heureuse, ayant secrètement honte de son peuple et d'elle-même. Aussi, ayant entendu parler des merveilleuses vertus de ce vin magique et pensant qu'il guérirait sa détresse, fit-elle tout ce qu'elle put pour s'en procurer. Cent ans durant elle s'y efforça en pure perte. Il fallut que Colin parût pour qu'elle y parvînt.

Mais le carasson ne convient qu'à ceux qui sont véritablement bons. Quand la bouteille qui le contenait fut débouchée, la reine et tous ses sujets furent changés soudain par ses vapeurs en vieilles fées et en vieux lutins. Ils disparurent avec des gémissements et des larmes, et Colin ne devait plus les revoir de longtemps.

En effet, quand la méchanceté d'une tribu de fées atteint à son comble, le châtiment qui s'abat sur ses membres est le suivant : ils sont contraints de quitter la région où eux et leurs ancêtres ont vécu depuis plus d'années qu'ils n'en peuvent compter. Et ils se mettent à errer, entraînés de plus en plus loin par l'inquiétude qui les ronge, toujours se languissant du pays qu'ils ont quitté, mais toujours incapables de revenir sur leurs pas pour le regagner. Ils pensent sans cesse le faire le lendemain, mais, quand le lendemain vient, ils disent à nouveau : demain. Et cela dure jusqu'à ce qu'ils aient trouvé, non pas leur ancien

chez-eux, mais un endroit où leur inquiétude se fait moins vive et où il leur semble qu'ils peuvent rester.

Ils n'y sont jamais tout à fait heureux cependant, car ce n'est pas vraiment leur pays. Si c'est une torture pour une jacinthe des prés d'habiter une campanule, songez quel tourment ce doit être pour une tribu de fées et de lutins que d'aller vivre dans une région tout à fait différente de celle où ils sont nés.

Aussi, quand une tribu est bannie, se passe-t-il longtemps avant que ses membres puissent s'établir dans leurs nouveaux quartiers. Ils sont sans cesse à se tortiller pour s'habituer à leurs nouvelles conditions de vie et ils n'y parviennent jamais tout à fait. C'est leur châtiment. En conséquence, leur humeur n'est pas toujours des plus égales.

Dans le cas présent, vous direz peut-être que ce n'était pas un très grand mal que d'être banni des collines de bruyère, des rocs nus et des ruisselets trottinants de l'Écosse dans les riches vallées, les rivages boisés, les grandes rivières et l'immense océan de la région sud du comté de Devon. Vous penserez sans doute qu'elles n'avaient pas dû être bien méchantes, ces fées écossaises, dès lors que c'était là tout leur châtiment. Eh bien, si vous pensez cela, c'est que vous n'avez guère observé les mortels humains. Peut-être ne croyez-vous pas qu'on puisse punir un homme en l'accablant de richesses ? Quant à moi, je le crois.

Quoi qu'il en soit, les fées n'étaient pas de votre avis, car elles savaient à quoi s'en tenir sur leur destin. Dans la splendeur de leur nouveau séjour, elles soupiraient après leur Écosse dénudée. Sous le feuillage touffu des riches vallées du Devon, face à l'océan pourpre et vert qui portait des navires de toute origine et de toute sorte, ou encore sur la grève jonchée de coquillages et de créatures marines multicolores, elles aspiraient aux froids versants mélancoliques des vastes brandes de bruyère, non loin desquelles mugissait une mer grise, sauvage, déchirée, qui n'avait souvenir que de Vikings, de baleines et de sirènes. Le pays qu'elles avaient quitté pouvait être rude et pauvre, mais c'était le leur.

Il faut dire que, lorsque les fées ont quitté un pays, une sorte de mort s'abat sur le paysage. Le voyageur sent bien la brise comme naguère, mais elle ne paraît plus le rafraîchir. L'enfant soupire en regardant sa guirlande de pâquerettes, car il ne parvient pas à en trouver une seule qui soit bordée de rouge parmi toutes celles qu'il a cueillies. Les primevères n'ont pas la moitié du nectar qu'elles avaient. Les guêpes l'emportent en nombre sur les abeilles. Les chevaux reviennent plus fourbus le soir du labour et leur tête pend aussi bas que leurs sabots quand ils s'en retournent pesamment à l'écurie. Les jeunes hommes et les jeunes filles, quoique parfaitement heureux quand ils se rencontrent, trouvent le chemin du rendez-vous incroyablement long et fastidieux à l'aller comme au retour. La fleur de l'aubépine n'est ni aussi blanche ni aussi rouge qu'elle avait accoutumé de l'être. Le jour n'est pas aussi radieux ni la nuit aussi bienfaisante qu'auparavant. En un mot, ce quelque chose que personne ne peut décrire et dont personne ne peut se passer pour être content, fait défaut. Tout est banal, tout déçoit votre attente.

Mais il ne s'ensuit pas que le pays où les fées ont été bannies devienne d'autant plus riche et d'autant plus beau du fait de leur présence. Si ce pays-là a déjà ses propres fées, il n'a que faire d'en avoir davantage, et le Devon, en particulier, a été riche en fées depuis les Phéniciens et depuis des temps plus reculés encore. D'ailleurs, à supposer qu'il ne reste plus de fées locales avec lesquelles se quereller, il faut des siècles avant que les fées immigrées s'adaptent à leur nouveau milieu. Dans l'intervalle, il arrive constamment les choses les plus bizarres. Comment un liseron pousserait-il comme il faut, par exemple, s'il a en lui l'âme d'une campanule ? Or les fées bannies, forcées de faire pour le mieux, prennent pour habitat les premières fleurs qu'elles trouvent à leur portée.

8
La vengeance des fées

Quand Colin et sa femme s'installèrent dans leur ferme, la même tribu de fées se trouvait déjà dans les parages. Elles ne tardèrent pas à découvrir qui étaient les nouveaux arrivants. Une assemblée fut immédiatement convoquée. Il fallait faire quelque chose, mais quoi ? La plupart ne pensaient qu'à se venger des parents sur les enfants. Mais la reine hésitait. Peut-être ses propres souffrances lui avaient-elles un peu attendri le cœur ? Elle décida en tout cas qu'avant de prendre aucune décision, on attendrait en observant la maisonnée.

En conséquence, les fées se mirent à fréquenter la maison constamment et parfois en grand nombre. Mais pendant longtemps elles furent incapables de commettre le moindre méfait aux dépens des enfants. Tout ce qu'elles tentaient de faire tournait à l'amusement de ceux-ci. C'étaient deux filles et un garçon. Les filles avaient l'une neuf ans, l'autre huit, le garçon trois.

Lorsque les fées réussissaient à les entraîner au-delà des limites de la ferme, tantôt ils étaient saisis d'une inexplicable panique qui les faisait s'en retourner chez eux précipitamment sans savoir pourquoi ; tantôt un grand papillon, ou une libellule, ou quelque autre créature ailée venait à eux, puis s'élançait dans la direction de la maison, vers laquelle ils se mettaient à courir, eux aussi, à sa suite. Tantôt enfin ils entendaient la voix de leur mère les appeler du seuil de la porte.

Un jour cependant, une chance s'offrit aux fées. Les enfants jouaient à un jeu passionnant. Les sœurs avaient bandé les yeux de leur petit frère et le portaient tour à tour soit sur leur dos soit dans leurs bras, de tous les côtés de la ferme. D'abord en haut de l'escalier, tout en lui parlant des raboteux sentiers de montagne qu'ils gravissaient. Puis en bas, tout en faisant croire à l'enfant qu'ils descendaient dans un vallon étroit. Ensuite elles ouvrirent le robinet d'un tonneau plein d'eau de pluie et elles prétendirent qu'ils voyageaient le long d'un ruisseau. Après quoi, ils s'enfoncèrent, disaient-elles, dans les profondeurs d'une grande forêt, et quand le mugissement d'une vache leur parvenait d'un champ voisin, c'était le rugissement d'un lion ou d'un tigre.

Finalement ils atteignirent un lac imaginaire dans lequel se jetait le ruisseau imaginaire. Il fallut alors enlever les souliers et les chaussettes du marmot afin de pouvoir le faire barboter en lui trempant les pieds tour à tour dans plusieurs baquets voisins du tonneau d'eau de pluie et servant aux besoins de la ferme et de la maisonnée.

Les sœurs se donnaient à elles-mêmes de nouvelles idées en portant l'enfant aux yeux bandés dans toute sorte d'endroits bizarres de la maison et de ses abords. Quand elles prétendaient qu'ils étaient en train d'escalader une paroi à pic, ils grimpaient en fait à l'échelle qui menait au grenier à foin. Quand elles prétendaient qu'ils étaient en train de traverser un désert sans pistes, ils étaient dans une vaste pièce vide dont on se servait parfois pour entreposer le grain. Quand ils étaient censés errer à travers une forêt vierge, ils faisaient des tours et des détours parmi les arbres d'un grand verger. Celui-ci, d'ailleurs, était assez magique pour ne pas décevoir l'imagination émerveillée de leur petit frère. Si elles lui avaient ôté le bandeau des yeux, il aurait été saisi à sa vue d'un nouvel émerveillement.

Tandis qu'elles portaient ainsi l'enfant pieds nus à travers le verger en lui disant qu'elles voyaient les fées et les lutins se glisser partout, çà et là, à travers les arbres, sans penser qu'il croyait mot pour mot à ce qu'elles lui contaient, elles le déposèrent à terre en lui enlevant son bandeau, et l'enfant ouvrit soudain les yeux. Ses sœurs avaient disparu. La lune le regardait du haut du ciel à travers les branches moussues des pommiers, pareils, se dit-il, à de vieilles femmes qui l'auraient entouré de toutes parts, tant ils étaient maigres et osseux.

Quand ses sœurs revinrent — elles n'avaient fait que courir se cacher un moment derrière les arbres pour augmenter encore sa surprise — il n'était plus là.

Bientôt la maison retentit de lamentations. Lorsque le père et la mère durent reconnaître que l'enfant restait introuvable, ils ne doutèrent plus que ce fût là l'œuvre des fées. Il allait falloir entrer en lutte avec elles. Mais comment faire pour entrer en lutte avec des créatures qui restaient le plus souvent invisibles ? Comment faire ?

9

Le lutin violoneux

Le père conçut une foule de plans, mais sans jamais trouver le bon. Il ne savait pas qu'il avait affaire à la même tribu de fées que celle qui avait emporté sa femme à sa naissance. S'il l'avait su, il aurait pu agir plus tôt.

Enfin, une nuit, comme on touchait au terme de sept années, Colin ouvrit soudain les yeux, car il avait dormi d'un sommeil plein de rêves, et il vit clairement quelques silhouettes grotesques, qu'il lui sembla reconnaître, danser sur le plancher entre lui et le feu presque éteint. L'un des petits personnages avait un violon, mais au premier instant où Colin le vit, il n'en jouait pas. C'était un autre lutin qui chantait, pour permettre aux danseurs de danser en mesure. Et voici ce qu'il chantait, en s'adressant évidemment au violoneux qui se tenait au centre de la danse :

O Péterkine, aurais-tu fait joujou
Avec son menton et sa joue ?
Son œil, son oreille, où sont-ils ?
L'entends-tu pleurer, Péterkine ?

Ici, Péterkine nicha son violon dans son cou et en tira un gémissement exactement pareil à celui d'un enfant. Sur quoi les danseurs redoublèrent d'entrain dans leurs entrechats. Alors il se mit à jouer l'air que son compagnon venait de chanter pour accompagner sa propre réponse :

Groin-d'argent, j'ai tranché les premiers ;
Quant aux seconds, je les ai arrachés.
Lac des Lutins, tu vas me les saler :
Papa Colin n'est qu'un écervelé.

Ensuite le violon se reprit à geindre comme un enfant, et les lutins dansèrent plus follement que jamais.

Colin, plein d'horreur quoiqu'il ne crût pas vraiment à ce qu'ils disaient, s'assit dans son lit et fixa sur eux des regards farouches en guettant leurs gestes et leurs dires. Groin-d'argent reprit :

Je compte les pêcher, hohohoho !
Sans qu'il le sache, et les tirer de l'eau.

Ici ils firent tous semblant de ramener un filet en dansant.

Avant que sept ans ne soient accomplis,
Le bébé sera sans yeux et sans ouïe.

Alors Péterkine de répondre :

Sans joue ni menton le bébé sera,
Mais pour le porridge un trou lui faudra.
Haggis et gâteaux il enfournera
Au risque de crever son estomac.

À cause du *porridge,* cette bouillie d'avoine, et surtout du *haggis,* qui est de l'estomac de mouton farci, Colin comprit qu'il avait devant lui des lutins écossais, et les reconnut tout à coup comme ayant été du nombre des petits êtres futiles et malfaisants qu'il avait vus gambader dans la maison de son père. C'était maintenant le tour de Groin-d'argent. Il commença sur un rythme nouveau :

Mais jamais plus sur son genou
Avec ou sans menton ni joue
Colin ne verra son marmot
À moins...

Ici Groin-d'argent aperçut le visage de Colin qui le regardait de son lit, et ils décampèrent tous dans un grand éclat de rire, le son du violon de Péterkine traînant derrière eux dans le noir comme le sillage d'une étoile filante.

10
La vieille femme et sa poule

Colin avait triomphé jadis de ces créatures féeriques non par sa propre habileté, mais grâce à l'aide que d'autres pouvoirs lui avaient apportée. Quels étaient ces pouvoirs ? D'abord la vieille femme de la lande. En fait, il lui devait tout. Il retournerait donc en Écosse afin de la retrouver. Seulement, on ne trouvait jamais la vieille femme qu'en se perdant soi-même. Et Colin, depuis ce temps-là, avait tant erré sur la lande, si vaste qu'elle fût, qui s'étendait au-dessus de la maison de son père, qu'il ne croyait pas pouvoir s'y perdre désormais. Il avait encore à apprendre que ce n'était pas où il se perdait qui avait de l'importance, mais qu'il fût perdu.

Juste à ce moment-là la bourse de Colin étant presque vide, il partit pour emprunter quelque argent à un ami qui habitait de l'autre côté de Dartmoor. Quand il arriva, il constata que l'ami n'était pas chez lui. Trop inquiet pour l'attendre en se reposant, il reprit aussitôt le chemin du retour.

La nuit tombait. Avant que Colin eût parcouru plusieurs milles sur la lande, il se mit à faire très sombre, car il n'y avait pas de lune et le temps était trop nuageux pour qu'on pût voir les étoiles. Avec cela, le sentier, même en plein jour, semblait par endroits à peine tracé. Aussi n'est-il pas étonnant que Colin s'en écartât à son insu, puis découvrît qu'il s'était perdu.

Au moment même où il s'en rendit compte, il vit une lumière à quelque distance sur la gauche. Il se tourna vers elle et constata qu'elle venait d'une petite cabane arrondie en forme de ruche, dont la porte était ouverte. Comme il s'avançait vers elle dans la nuit, il entendit une voix dire :

— Entre, Colin, je t'attends.

Il obéit aussitôt et trouva la vieille femme assise avec son fuseau et sa quenouille, exactement comme il l'avait vue, du temps qu'il était un jeune garçon, sur la lande qui dominait la maison de son père.

— Comment allez-vous, mère ? demanda-t-il.

— Je vais toujours très bien. Ne me pose jamais cette question.

— C'est entendu, je ne le ferai plus désormais, répondit Colin. Mais je croyais que vous habitiez en Écosse ?

— Je n'habite nulle part ; et pourtant ceux qui font ce que je leur dis me trouvent toujours quand ils ont besoin de moi.

— Voyez-vous encore, mère ?

— Si je vois ? Je vois toujours si bien que je fais l'économie de la lumière des yeux. Je les ai laissés s'éteindre.

En effet, là où ses yeux auraient dû se trouver, il n'y avait plus que des plis.

— Que veux-tu ? reprit-elle.

— Je veux mon enfant. Les fées me l'ont pris.
— Je sais.
— Ils lui ont enlevé ses yeux.
— Je peux le faire voir sans eux.
— Et ils lui ont coupé les oreilles, dit Colin.
— Il peut entendre sans elles.
— Et ils ont salé sa joue et son menton.
— Quant à ça, je n'en crois rien, dit la vieille femme.
— Les lutins le disent : je les ai entendus, répondit Colin.
— Les lutins et les fées sont les pires menteurs que je sache. Mais il faut faire quelque chose. Assieds-toi : je vais te raconter une histoire.
— Il ne reste que neuf jours avant que les sept années soient écoulées, dit Colin d'un ton inquiet.
— Je sais ça aussi bien que toi, répondit la vieille femme. C'est bien pourquoi il n'y a pas de temps à perdre. Assieds-toi et écoute mon histoire. Ici, Jenny !

La poule sortit de sous le lit et s'avança solennellement.

— Va tondre les moutons, Jenny, et fais vite, car il faut que je file plus vite que d'habitude : il ne reste que neuf jours.

Jenny courut à la porte la tête aussi basse que la queue, comme si elle avait eu l'épervier à ses trousses.

Quelques instants plus tard elle revint, portant dans son bec ce que la vieille femme appela une touffée de laine, bien que ce fût seulement une touffe de houppes cotonneuses arrachées au lin des marais qui poussait tout autour de la cabane. Puis elle s'élança à nouveau au-dehors pour en rapporter d'autre.

La vieille femme attacha cette laine végétale à sa quenouille, en tira un fil qu'elle enroula autour de son fuseau, puis se mit à filer. Et tout en filant, elle raconta son histoire — vite, vite. Et Jenny continuait à aller et venir sans relâche. Et, lorsque Colin pensa qu'il devait être minuit, l'histoire avait été dite et sept des neuf jours s'étaient écoulés.

— Colin, dit la vieille femme, maintenant que tu sais tout ce qu'il en est, il faut que tu partes sur-le-champ.

— Je suis prêt, dit Colin en se levant.

— Suis la route que Jenny te montrera jusqu'à ce que tu arrives chez le cordonnier. Dis-lui que la vieille femme à la quenouille lui demande de te donner un peu de sa poix.

— Et que devrai-je en faire ?

— Un cordonnier sait toujours à quoi sert sa poix.

Et sur cette réponse, la vieille femme tourna son visage vers le feu, car, bien qu'on fût en été, il faisait froid la nuit sur la lande. Colin, mû par une curiosité soudaine, au lieu de suivre Jenny hors de la cabane comme il aurait dû le faire, se glissa le long du mur arrondi et alla jeter un regard sur le visage de la vieille femme. Là, au lieu de rides aveugles, il vit deux globes de lumière flamboyants qui se reflétaient davantage dans le feu que le feu ne se reflétait en eux. Mais au même instant la cabane s'évanouit avec tout ce qu'elle contenait. Il sentit passer sur lui dans le vent le brouillard froid de la lande et il tomba lourdement sur le sol.

11
Les farfadets-cordonniers

Quand il revint à lui, il se retrouva couché sur la lande. Il se releva et regarda autour de lui. La lune était levée, mais il n'y avait pas trace de cabane. Il regrettait bien maintenant d'avoir été aussi imprudent et aussi sot. Il appela « Jenny ! Jenny ! », mais en vain. Que faire ? Le lendemain était le huitième des neuf jours qui lui restaient, et, si le jour d'après, avant minuit, il n'avait pas sauvé son fils, il n'y aurait plus rien à faire pendant les sept ans à venir. Il est vrai que l'année ne serait tout à fait écoulée que le soir suivant, vers sept heures, mais les fées, au lieu de donner des jours de grâce, en retiennent toujours au contraire à leur profit.

Tout ce que pouvait faire Colin, parmi tant de perplexité, était de se mettre à marcher, parce que cela lui donnait un semblant de chance supplémentaire de trouver le cordonnier, mais il n'avait aucune raison de choisir une direction plutôt qu'une autre.

Il vagabonda le reste de cette nuit-là et le jour suivant. Il ne voulait pas rentrer chez lui, bien sûr, avant l'heure où le cordonnier ne serait plus en mesure de l'aider. Telle était son anxiété que, bien qu'il restât tout ce temps sans manger ni boire, l'idée ne lui vint pas que sa faiblesse croissante n'avait pas d'autre cause.

À la tombée de la nuit, cependant, il se sentit de plus en plus accablé, et il était juste sur le point de se laisser tomber, à bout de forces, sur une pierre blanche qui avait l'air accueillante, quand il vit devant lui une faible lueur. Il se redressa aussitôt et s'avança vers elle.

Tandis qu'il se rapprochait, il commença à percevoir un bruit fait de beaucoup de petits bruits, tel qu'aurait pu en produire quelque fabrique. Mais c'est seulement lorsqu'il fut tout près qu'il découvrit une longue baraque basse avec une seule porte et point de fenêtres. La lumière venait de la porte, grande ouverte. Il se dirigea vers elle et jeta un coup d'œil à l'intérieur de la baraque.

Il y avait là une foule de cordonniers, chacun d'eux assis sur son tabouret avec sa bougie fichée dans le trou ménagé à l'avant du siège, tous travaillant tant qu'ils pouvaient. Ils avaient l'air d'assez petits hommes tout en étant loin d'être aussi menus que des lutins. Ce qu'ils offraient de plus remarquable, c'est qu'à tout moment ils faisaient tous exactement la même chose, comme s'ils dépendaient de la même mécanique. Quand l'un d'eux tirait son fil en cousant, tous les autres faisaient de même. Si Colin voyait le plus proche passer de la poix sur son fil et levait ensuite les yeux, il les voyait tous en train de poisser leur fil. Si l'un d'eux se mettait à donner du marteau sur sa bouisse, les autres ne suivaient pas son exemple après coup, c'est à la même seconde qu'ils prenaient leur bouisse et se mettaient à taper, comme si leur métier ne pouvait rien exiger d'autre. Et quand il en vint à les observer de plus près, il vit que chacun d'eux était borgne et avait le nez recourbé comme une alène. Cependant ils étaient tous différents les uns des autres, malgré une très grande ressemblance de traits.

Dès qu'ils l'aperçurent, ils se levèrent comme un seul homme, dardèrent leurs alènes dans sa direction et s'avancèrent vers lui, pareils à un buisson d'aloès hérissé de piquants étincelants.

— Beaux cuirs d'empeigne ! dirent-ils d'une seule voix avec une variété de grimaces à l'appui.

— La calotte de son crâne ferait une bonne jatte à colle, fut la remarque générale qui suivit.

— Ses muscles et ses tendons, du bon fil.

— Ses os et son sang, de la bonne colle pour des bottes de sept lieues.

— Ses oreilles, de bonnes boucles pour les enfiler.

— Ses plantes des pieds, des semelles pour des pantoufles de reine.

Et ils continuèrent de la sorte, détaillant le corps de Colin de la façon la plus impudente pour les besoins de leur état, jusqu'au moment où ils en vinrent à ses dents et où ils dirent :

— Ses dents, de bons clous à tête perdue.

Sur quoi ils poussèrent tous un cri perçant qui fut comme le passage d'un fil poissé à travers le cuir, et ils se jetèrent sur Colin avec leurs alènes, qu'ils tenaient par derrière comme des dagues. Il n'y avait pas de temps à perdre.

— La vieille femme au fuseau... dit Colin.

— Connaissons pas ! hurlèrent les cordonniers.

— La vieille femme à la quenouille, reprit Colin.

Tous, aussitôt, regagnèrent précipitamment leurs sièges, où ils se mirent à jouer du marteau avec vigueur.

— Elle m'a dit, continua Colin, de demander au cordonnier un peu de sa poix.

Chacun d'eux prit sa réserve de poix et la tendit à Colin. Il s'empara de la petite motte qui se trouvait être le plus près et il constata que toutes les autres avaient disparu. Après quoi, les cordonniers restèrent assis sans bouger, leurs regards braqués sur lui.

— Que dois-je en faire ? demanda Colin.

— Je vais vous accompagner un moment, dit le plus proche d'entre eux et je vous le dirai. La vieille femme est ma grand-mère, et c'est une excellente âme.

Colin franchit la porte de l'atelier et le cordonnier le suivit. Jetant autour de lui un regard circulaire, Colin vit que tous les sièges étaient vacants et l'atelier aussi tranquille qu'un vieux cimetière. Le cordonnier, qui maintenant, dans son parler, dans ses gestes et dans son comportement général, semblait être un petit homme très respectable, pour ne pas dire conventionnel, se mit en devoir de lui donner toutes les informations dont il avait besoin, avec en cadeau l'une de ses alènes favorites.

Ils marchèrent longtemps et Colin fut stupéfait de voir qu'il avait tant de résistance. Mais en fin de compte le cordonnier lui dit :

— Je vois, monsieur que l'aube n'est pas loin. Je dois retourner à ma besogne. Quand le soleil sera levé, vous saurez où vous êtes.

Il s'écarta du sentier de quelques toises et franchit la porte ouverte d'une petite maison. L'instant d'après, celle-ci se mit à résonner du martèlement sourd de trois cent treize cordonniers, chacun avec sa chandelle fichée dans un trou du tabouret sur lequel il était assis. Tandis que Colin les regardait avec stupeur, le soleil commença à pointer au-dessus de l'horizon ; et alors, si la maisonnette resta là, blanche et endormie, les cordonniers s'évanouirent avec leurs bougies, leurs tabourets et leurs outils. Seul le bruit des marteaux résonnait encore dans la tête de Colin, mais il allait diminuant et, quand il se fut perdu tout à fait dans le lointain, Colin se retrouva debout dans le champ voisin de son propre verger.

12
La poix et l'alène

Le soir vint. Le soleil descendait encore sur la mer dans le ciel sans nuages, jetant son or sans compter, lorsque Colin arriva sur le rivage à quelque distance de chez lui. On était à marée basse et une bonne surface de sable découvert miroitait au couchant. Ce sable s'étendait entre des rochers et la mer ; et, de ces rochers, d'innombrables filets d'eau laissés par le flot dans les creux, se hâtaient de rejoindre leur grande parente. De temps à autre, ils formaient en chemin de petites mares peu profondes, constamment ridées par les ruisselets qui passaient au travers ; et comme le soleil brillait sur ces innombrables rides, le sable brillait au fond des mares comme de la soie brune moirée d'or, à ceci près que les méandres dorés remuaient comme des êtres vivants; sans jamais rester un moment en place.

Colin n'avait pas besoin qu'on oignît ses yeux d'un onguent pour lui permettre de voir des fées ou des lutins. La plupart des gens en ont besoin, mais il était, lui, naturellement doué. Aussi, quand il approcha de certain grand rocher qu'il connaissait fort bien et à partir duquel de nombreux ruisselets coulaient dans la mer, il vit que les petites mares qui l'environnaient étaient peuplées de fées et de lutins, qui se livraient dans l'eau à toute sorte de cabrioles.

C'était un délicieux spectacle de les voir folâtrer ainsi à la lueur du couchant, dans leurs habits aux couleurs éclatantes, étincelants de bijoux ou de ce qui semblait être des bijoux, et jetant des feux de toutes les nuances possibles dans leurs ébats. Mais Colin n'eut guère le temps de les observer, car, dès l'instant où ils le virent, sachant qu'il n'était autre que l'homme auquel ils avaient fait tort en lui volant son enfant et sachant que lui aussi les voyait, ils s'enfuirent aussitôt en haut du grand rocher et disparurent.

C'était là exactement ce que Colin voulait. Il tourna tout autour du rocher, regarda dans toutes les directions partout où il pouvait y avoir une mare, découvrant ça et là d'autres lutins et d'autres fées qui, comme les premiers, s'enfuirent en haut du rocher et disparurent. Quand il les eut tous chassés des sables, il s'approcha du rocher tout en tirant de sa poche la petite motte de poix du cordonnier. Il grimpa sur le rocher, puis, sans montrer son visage, il posa une main sur la crête et se mit à tracer un trait continu, sur tout le pourtour, à l'aide de la poix. Il compléta avec soin le circuit et ensuite seulement il regarda par-dessus la crête.

Or, au cœur de ce rocher, qui était presque immergé à marée haute, il y avait un grand bassin connu sous le nom de Mare du Lutin, plein d'eau de mer et de ravissantes algues et de nombreux petits animaux marins. C'était le repaire favori des fées qui, pour l'heure, s'y pressaient en foule.

Quand elles virent la grosse tête de Colin les regarder par-dessus le rocher, elles éclatèrent d'un rire bruyant et commencèrent à se moquer de lui de mille façons. Les unes lui faisaient les plus vilaines grimaces possibles, les autres des gestes de mépris ;

d'autres encore fredonnaient des bribes de chansons et ainsi de suite ; tandis que la reine, assise à l'écart sur un rocher en saillie, les pieds dans l'eau, le regardait d'un air boudeur. Beaucoup continuaient à plonger, à nager ou à faire la planche tout en se moquant de lui ; et Colin aurait pris plaisir à ce spectacle si elles n'avaient pas gâté la beauté et la grâce de leurs mouvements par leurs gesticulations et leurs grimaces.

— Je veux mon enfant, dit-il soudain.

— Donnez-lui son enfant ! cria l'une des fées.

Là-dessus une douzaine d'entre elles plongèrent et ramenèrent une énorme limace de mer, toute noire et apparemment toute graisseuse. Elles lui tendirent l'horrible créature en lui disant :

— Le voilà : descends le chercher.

D'autres lui offrirent un homard bleu qui se débattait dans leurs mains ; d'autres encore un buccin à la coquille tourmentée ; tandis que certaines chantaient des chansons moqueuses à deux voix qui alternaient en changeant à chaque vers. Pour finir, elles tirèrent du fond de la mare un épouvantable objet qu'elles avaient fabriqué : c'était comme un bébé au visage à demi rongé par les poissons, mais pourvu d'un gigantesque nez pareil à une pince de homard. Colin ne s'y laissa pas prendre.

— Très bien, dit-il. Puisque c'est comme ça, j'emploierai un autre moyen.

Il se laissa glisser au bas du rocher, tira la petite alène du cordonnier et se mit à forer un trou dans la pierre. L'instrument y pénétra comme dans du beurre et, quand Colin le retira, de l'eau jaillit du rocher avec force en décrivant une grande trajectoire. Il fora alors un second trou, puis un troisième, puis un quatrième, et continua de la sorte jusqu'à ce qu'il y eût trois cent treize jets d'eau en train de jaillir du rocher, avant de se réunir pour former un vigoureux petit cours d'eau qui courait vers la mer. Colin s'assit alors sur un rebord de pierre au pied du rocher et attendit.

Quelques instants plus tard une clameur faite de cent petites voix et venant du bassin parvint à ses oreilles. Les fées s'étaient aperçues que l'eau baissait beaucoup. Mais quand elles découvrirent les trous par lesquels leur piscine naturelle se vidait, elles crièrent d'une seule voix avec horreur :

— Il a l'alène de Pipe-de-maïs ! Il a l'alène de Pipe-de-maïs !

Ce qu'entendant, Colin regrimpa sur le rocher pour jouir de leur affolement. Mais ici, je dois me livrer à une petite explication.

Dans la première partie de cette histoire, j'ai montré combien les fées aimaient l'eau. Le fait est qu'elles l'aimaient beaucoup trop. C'était devenu pour elles une véritable folie. Leur principale occupation avait toujours été de soigner et d'aider les fleurs dans lesquelles elles habitaient et de rendre de bons offices autour d'elles à tout ce qui avait vie. De là, leur nom de Bonnes Gens. Mais, à force de voir tout le bien que l'eau faisait aux fleurs et de partager le rafraîchissement qu'elle leur procurait en montant jusqu'à elles par de minuscules canaux ménagés dans les veines des plantes, elles étaient tombées amoureuses de l'eau pour elle-même ou plutôt pour le plaisir qu'elles y prenaient. Si bien qu'oubliant les fleurs et négligeant leurs devoirs, elles s'étaient mises à naviguer sur les cours d'eau et à plonger dans toutes les mares qu'elles pouvaient trouver. D'où la rapidité de leur décadence et de leur chute.

De plus, en arrivant sur la côte marine, elles avaient découvert que l'eau de mer les aidait beaucoup à retrouver la beauté qu'elles avaient perdue en prenant du carasson. Aussi étaient-elles constamment sur le rivage, se baignant sans cesse, surtout dans l'eau laissée à marée basse dans ce discret bassin rocheux qui était particulièrement à leur goût. Tant et si bien qu'elles avaient fini par dépendre entièrement de l'eau de mer pour leur bien-être, et, pensaient-elles, pour leur existence même qui, sans cela, n'aurait pas valu la peine d'être vécue.

Aussi, quand elles virent le grand visage de Colin

regarder une fois de plus par-dessus la crête, se précipitèrent-elles vers lui avec rage, en grimpant au flanc du rocher comme autant de scarabées en folie. Colin recula un peu, puis les laissa avancer. Au moment où celle qui était en tête mit le pied sur la ligne que Colin avait tracée autour du rocher, elle glissa et tomba à la renverse dans la mare en criant :

— Il a la poix de Pipe-de-maïs !

— Il a la poix de Pipe-de-maïs ! cria la suivante en culbutant comme avait fait sa compagne.

Et les chutes continuèrent jusqu'à ce que personne ne voulût plus s'approcher de la ligne. En fait, aucune fée ne pouvait tenir debout sur la poix, et la ligne — qui s'était élargie d'elle-même en fondant et en ruisselant — était devenue si ample qu'aucune d'elles ne pouvait sauter par-dessus.

La reine, alors, se leva.

— Que veux-tu, Colin ? dit-elle.

— Je veux mon enfant, comme vous le savez fort bien, répondit Colin.

— Viens le prendre, répondit la reine.

Et elle se rassit, mais sans plus tremper ses pieds dans l'eau, qui était beaucoup trop basse à présent pour cela.

Colin avait trop d'esprit pour obéir. Il s'assit au bord du bassin. Malheureusement, un pan de son habit empiéta sur la ligne. Une demi-douzaine de fées en profitèrent aussitôt pour sortir du cercle. Colin se leva instantanément et la grande masse des fées demeura emprisonnée : le mal, donc, n'était pas très grand. Quant à l'eau, elle avait presque entièrement disparu, laissant même à découvert les racines de longues algues. À la fin, la reine n'y tint plus.

— Écoute, Colin, lui dit-elle, je te veux du bien.

Tout en parlant, elle se leva et elle descendit le flanc du rocher dans la direction de l'eau qui était maintenant loin au-dessous d'elle. Il lui fallait être très prudente, car la roche glissait beaucoup, même là où il n'y avait point de poix. Parvenue à mi-chemin environ au-dessous de l'ancien niveau de la surface du bassin, elle s'arrêta et poussa une pierre sur le côté. Colin vit ce qui semblait être l'entrée d'une grotte dans le rocher. La reine y pénétra. Quelques instants plus tard, elle ressortit en se tordant les mains :

— Hélas, hélas ! Que faire ? s'écria-t-elle. Vous autres hommes, épaisses gens que vous êtes, vous grandissez tant ! Il est d'une telle taille que je ne peux plus le tirer de là.

— Le laisserez-vous partir si je le dégage ? demanda Colin.

— Oui, oui. Sinon, nous allons tous mourir faute d'eau de mer, répondit-elle.

— Jurez par l'alène du cordonnier et la poix du cordonnier, dit Colin.

— Je le jure, répondit la reine.

— Par l'alène du cordonnier et la poix du cordonnier, insista Colin.

— Je le jure par l'alène du cordonnier et la poix du cordonnier, répondit la reine.

— Au nom de votre peuple ?

— Au nom de mon peuple, dit la reine, qu'aucun de nous ici présents ne vous tracassera désormais toi et ta famille.

— Alors, je descends, dit Colin.

Et il sauta dans le bassin. À l'aide de l'alène du cordonnier, il eut vite fait de ménager une grande ouverture dans le roc, car elle y pénétrait, nous l'avons dit, comme dans du beurre. Sur quoi il en sortit un superbe garçon d'une dizaine d'années, avec des yeux, des oreilles, un menton et des joues en parfait état, qui se jeta dans les bras de son père. Et celui-ci le porta aussitôt à la maison pour le montrer à sa mère.

Ce fut d'abord une déception de voir qu'il était tellement bébé pour son âge. Mais ce défaut ne tarda pas à s'amender. Dès lors la maison fut pleine de joie. Colinot leur conta toute l'histoire de son séjour parmi les fées. Et cela ne lui prit pas aussi longtemps que vous pourriez le croire, car il se figurait n'avoir passé là qu'une semaine.

Table

Dépôt légal : novembre 1984
Dépôt légal 1ère édition : 4e trimestre 1981
Imprimerie Hérissey, 27000 Évreux
N° d'imprimeur : 35614
Achevé d'imprimer le 10 octobre 1984